KB025033

우리는 달빛에도 걸을 수 있다

일러두기

☆ 일부 단어와 대화체는 현실감을 살리기 위해 표준어로 바꾸지 않았습니다.

☆ 일부 작가의 독백과 대화는 작가의 의도에 따라 따옴표를 붙이지 않고 그대로 두었습니다.

우리는 달빛에도 걸을 수 있다 (개정증보판)

1판 1쇄 발행 2021년 8월 17일
1판 3쇄 발행 2023년 4월 19일

지은이 고수리
발행처 (주)수오서재
발행인 황은희 장건태
책임편집 마선영
편집 최민화 박세연
마케팅 황혜란 안혜인
디자인 권미리
제작 제이오
주소 경기도 파주시 돌곶이길 170-2 (10883)
등록 2018년 10월 4일(제406-2018-000114호)
전화 031 955 9790
팩스 031 946 9796
전자우편 info@suobooks.com
홈페이지 www.suobooks.com
ISBN 979-11-90382-44-1 (03810) 책값은 뒤표지에 있습니다.

우리는 달빛에도 걸을 수 있다

고수리 에세이

수오서재

차례

프롤로그 눈 내리던 밤 8

보이지 않아도 반짝이는 별이 있다

고작가의 날들 16

작은 기적 23

내가 사랑한 1분 27

엄마와 딸 38

기억을 걷는 시간 41

내가 가장 예뻤을 때 46

살아 있어 줘서 고마워 54

누구나, 누군가의 별 58

신기원의 카세트테이프 67

꽃으로 둘러싸인 요새 75

그렇게 어른이 된다 78

2

이 세상에 사랑이 존재하는 한,

밤의 피크닉	88
수능 도시락	96
산타클로스는 있다	103
할머니에게 보내는 편지	112
태평한 미아가 되는 시간	122
어쨌든 사랑	129
밤바다에서 우리	135
코끝에 행복	141
하이 데어, 잘 지내나요	148
버려진 고양이는 어디로 갔을까	155
우린 같이 늙어갈 거야	161
명랑한 알토의 날들	166
일요일의 공기	171

3

우리는 달빛에도 걸을 수 있으니까

달빛에도 걸을 수 있다 180

세 번의 장례식 185

깨끗한 안녕 193

히키코모리의 아침 200

나의 꽃노래 205

쉰한 살, 어른의 눈물 211

패배의 기억 217

한밤중의 목소리 226

멀고 아름다운 동네 231

우리들의 행복한 시간 233

인간적인, 너무나 인간적인 240

우리는 이렇게 살아가고 있었다 247

긴긴 미움이 다다른 마음 253

에필로그 꿈에 카메라를 가져갔어 260

눈 내리던 밤

프롤로그

엄마. 엄마를 떠올릴 때마다 나는 조용히 눈이 내리던 그 날을 생각한다. 엄마 혼자 걷던 하얀 눈길을, 하얀 눈물을, 하얀 공기를, 하얀 세상을, 그리고 그날, 엄마의 얼굴을.

아버지와 헤어지고 우리 가족에겐 가난과 불행이 북풍처럼 들이닥쳤다. 혼자서 남매를 키워야 했던 엄마는, 작은 보습학원을 운영하긴 했지만 집을 마련할 만큼 충분한 돈을 벌 순 없었다. 어쩔 수 없이 우리는 떨어져 살았다.

우리 가족에겐 집이 없었다. 대신 방이 있었다. 우린 마치 달팽이 가족처럼, 제 몸만 한 조그만 방을 한 칸씩 짊어진 채 뿔뿔이 흩어져서 살았다. 밤이 되면 나는 자취방으로, 남동생은 기숙사 방으로, 엄마는 학원 구석의 쪽방으로 기어들어 가 동그랗게 몸을 웅크렸다. 작고 초라했던 각자의 방은 그나마 몸이라도 피할 수 있기에 감사한 방공호 같았다.

우리 중에서 엄마의 방이 제일 작았다. 저녁 일곱 시가 되면, 엄마는 학원의 모든 불을 끄고 문을 잠그고 나갔다. 그리고 새벽 세 시가 되면, 살금살금 계단을 걸어 올라와 다시 2층 학원 문을 열었다. 깜깜한 벽을 더듬거리며 문고리를 찾다가 싸늘한 방문을 열고 들어가 조심스럽게 문을 닫았다. 화장실도 세면대도 없는 차가운 방. 엄마는 찬 바닥에 몸을 눕히고 다리를 뻗었다.

우리가 흩어져 사는 동안 엄마는 낮에는 보습학원에서 아이들을 가르치고, 밤에는 '돈방석'이라는 민속주점에서 막걸리를 팔기 시작했다. 그 작은 동네에서 학원 선생이 밤마다 파전을 부친다는 소문이 퍼질까 봐, 엄마는 밤만 되면 고개를 숙였다. 온몸에 기름 냄새가 눅눅하게 배고, 연기에 눈이 따가워도, 엄마는 고개를 숙이고 열심히도 파전을 부쳤다. 그래서 엄마는 밤마다 울었다. 힘들어서 울고 슬퍼서 울고 불쌍해서 울고 싫어서 울었다. 그러던 어느 겨울, 엄마는 잊지 못할 새벽을 걸었다.

새벽까지 눈이 내리던 날이었다. 엄마는 주점 문을 걸어 잠그고 거리로 나왔다. 텅 빈 새벽 거리에 눈 쌓이는 소리만 '싸박싸박' 했다. 아무도 밟지 않은 하얀 눈길에 총총 발자국을 찍으며 걸어가던 엄마의 머리 위로 조용히 눈이 내리고 있었다. 싸박싸박. 눈에 눈이 쌓이고, 눈끼리 조그맣게 부딪쳐 움직였다. 싸박, 싸박,

싸박.

쌓이는 눈에 온 세상이 새하얗게 빛났다. 후우. 내쉰 하얀 입김에 눈송이들이 팔랑거리며 춤을 췄다. 엄마는 홀로 눈길을 걸었다. 걸음을 옮길 때마다 발바닥에선 뽀드득뽀드득 소리가 났다. 앙상한 엄마의 몸무게만큼이나 가벼운 소리. 가로등 하나가 깜박이며 길을 비춰주었다. 하지만 그때조차도 몸에서 스멀스멀 새어 나오던 기름 냄새가 지독했다. 식용유 냄새는 끈질겼다. 머리카락을 아무리 빨아도, 손을 수십 번 씻어도 사라지지 않았다. 숨길 수 없는 가난의 냄새였다.

'돈방석'. 경박하게 발음되는 허름한 간판을 쳐다보다가 엄마는 한숨을 내쉬었다. 낡은 문짝에 걸린 싸구려 트리 불빛이 반짝반짝 빛났다. 그때였다. 갑자기 엄마의 눈앞이 흐려졌다. 세상이 희부옇게 사라져 눈이 먼 것만 같았다. 엄마는 고개를 떨궜다. 그러자 흰 눈 위에 눈물방울이 뚝, 뚝 떨어졌다. 눈 위에 점점이 깊이 팬 회색 자국이 서러워서, 엄마는 얼마나 울었는지. 흩뿌려진 눈물 자국 위로 뜨거운 김이 폴폴 났다.

'그래도 살아야지. 새끼들 먹이려면 살아야지. 내가 살아야지.'

엄마는 이 이야기를 어느 날 미용실에서 꺼냈다. 나란히 앉은 우리는 돌돌 감아올린 머리에 헤어 캡을 뒤집어쓴 채였다. 커다란 펌 기계가 머리 위에서 위잉 돌아가고 있었다. 미용 가운 위로 얼굴만 쏙 뺀 엄마가 갑자기 생각난 것처럼 이 이야기를 들려주었다.

"그래도 살아야지. 새끼들 먹이려면 내가 살아야지. 혼자서 어찌나 울었던지. 왜 그렇게 울었을까 나도 몰라. 눈물이 얼마나 뜨거운지 김이 다 폴폴 나더라니. 딸, 정말로 눈은 그렇게 쌓여. 싸박싸박. 눈끼리 부딪치는 소리가 난다니까. 싸박싸박 싸박싸박. 그 소리 들어본 적 있어? 참… 그땐 무슨 정신으로 살았는지 아직도 생각만 하면…."

엄마는 옷소매로 눈물을 꾹 찍어내며 헛헛하게 웃었다.

엄마가 말했던 그날로부터 십여 년이 지나는 동안, 엄마는 민속주점 '돈방석'을 처분했다. 학원이 잘 가르친다는 소문이 났는지 꽤 많은 아이들이랑 복작거리면서 산다. 다행히 작지만 따뜻한 집도 마련했다. 그 집에는 화장실도 있고, 세면대도 있고, 베란다도 있고, 방도 있다. 그리고 그렇게 버리라고 했건만 엄마가 버리지 않은 싸구려 돈방석도 있다. 주점 의자마다 놓여 있던 방석이었다. 엄마는 돈다발이 프린트된 돈방석을 집에 놓아두고는 엉덩이를 팡팡 들썩이며 그 위에 앉아보곤 했다.

미련스럽게 붙어 있는 돈방석처럼 우리 가족에겐 가난도 그렇게 붙어 있었다. 우린 쉴 틈 없이 일했지만, 가난을 버리진 못했다. 몇 번의 불행도 잊지 않고 찾아왔다. 그래도 우리는 견디고 울고 안아주고 등을 쓸어주고 눈물을 닦아주고. 그렇게 어우렁더우렁 살았다.

나는 지금도 종종 엄마가 걸어가던 눈길을 생각한다. 혼자 걷던 그 외로운 거리에서 내리던 눈은 엄마를 위로했다. 싸박, 싸박, 싸박. 눈에 눈이 쌓이고, 눈끼리 조그맣게 부딪쳐 움직이며 말했다.

'괜찮아, 괜찮아, 괜찮아.'

누구에게나 죽을 것 같은 날들이 있고, 또 누구에게나 위로를 건네주고 싶은 선한 순간들이 있다. 외딴 방에서, 가난한 골목에서, 어느 새벽 눈이 내리는 거리 한가운데에서. 저마다의 사연을 품고 있는 이름 모를 당신에게 나의 온기를 나눠주고 싶다. 바람이 불고 밤이 오고 눈이 내리는 것처럼 자연스런 위로를 건네고 싶다.

그래서 나는 그날의 하얀 눈처럼 담백하고 따뜻한 글을 쓸 것이다. 손가락으로 몇 번을 지웠다가 또 썼다가. 우리가 매일 말하는 익숙한 문장들로 싸박싸박 내리던 그날의 눈처럼, 담담하게 말을 건넬 것이다. 삶처럼 지극히 현실적인, 가볍지도 무겁지도 않은 위로의 말을.

1

보이지 않아도
반짝이는 별이 있다

고작가의 날들

"할머니, 할아버지, 저 고수리 작가예요. 수리수리마수리 고수리 작가요!"

어르신들은 내 이름을 좋아했다. 아하, 수리수리마수리 고수리 작가! 다음번 통화에서도 그렇게 나를 기억해주셨다. 지긋지긋하게 놀림을 받았던 특이한 이름이 이렇게 빛을 발할 줄이야. 귀가 어둡고 사람 이름을 잘 기억하지 못하는 어르신들을 위해, 나는 수화기에 입을 딱 붙이고 큰 소리로 말했다. 고 수 리. 내 이름 석 자에 악센트를 주고선 아주 명랑한 손녀 톤 목소리로.

수리수리마수리 고수리 작가. 조금 웃기면 어때. 나는 그 호칭이 좋았다.

스물 중반의 나는, 이름 빼곤 특별할 것 하나 없는 회사원이었다. 남들처럼 평범하게 공부하고 취업하고 사회생활을 시작했다. 그리고는 집 회사 집 회사 집. 무난한 동그라미를 그리며 동글동글하게 살았다. 그런 나에게도 마음속 꿈이 하나 있었는데, 언젠가 글을 쓰는 작가가 되는 것이었다. 그러나 평범한 내가 품기에는 너무나 멀고 대단한 꿈처럼 여겨졌다. 그래, 현실은 꿈보다 밥. 밥은 먹고 살아야 하니까.

그러다 어느 지친 퇴근길에 아주 단순한 생각이 스쳤다. 지금의 나, 즐거운 걸까? 행복한 걸까? 아니. 고개를 절레절레 젓던 그 순간에 뭉클하게도 분명해졌다. 후회하더라도 한 번쯤은 밥 말고 꿈을 선택하고 싶다고. 그냥 즐겁게 하고 싶은 일을 해보고 싶다고. 그래서 남들보다 늦은 나이에 방송작가 일을 시작했다. 그저 '작가'라고 불리는 게 좋아서, '막내야' 혹은 '잡가(잡일은 다 하는 작가)'라고도 불리는 막내작가 생활을 시작했다.

KBS 〈인간극장〉 취재작가로 일을 시작했다. 스펙터클한 매일이었다. 주말은 반납했고 사무실은 집이 되었다. 무제한 통화 요금제로 바꾼 휴대폰이 손바닥에 껌처럼 붙어 있었고, 툭 하면 펑크 나는 아이템과 계획들에 하루에도 수십 번 냉탕과 온탕을 오고 갔다.

스커트 차림에 사무실을 또각또각 걸어 다니던 하이힐도 자취를 감췄다. 대신 청바지에 운동화 끈을 질끈 묶고선 소똥이 질

편하게 쌓인 시골 흙길과 논두렁을 걸어 다녔다. 애교는 기본, 박장대소 쓰러지는 수다 맞장구를 장착하고, 막무가내 안마와 허그로 할머니 할아버지 마음을 살살 녹이는 사근사근한 손녀딸을 자처하게 되었다. 동글동글했던 나의 삶은 탱탱볼처럼 튀어 다녔다.

정신을 차렸을 땐 매일 수십 명의 타인들에게 말을 걸고 있었다. 신문에서, 뉴스에서, 제보에서 발견한 사람들에게 전화를 걸어 안부를 묻고 이야기를 나누는 하루. 작가 일을 하면서 나는 지나가는 행인에게도 스스럼없이 다가가 말을 걸 정도로 붙임성이 좋아졌다. 신기했다. 다른 사람의 삶에 이토록 깊게 관심을 기울인 적은 없었다. 한 명 한 명 자세히 들여다보면 꼭 같은 사람 하나 없고, 모두가 다른 얼굴과 목소리로 저마다의 삶을 살아가고 있었다.

어느 시각장애인 마라토너를 취재하게 됐다. 남편과 손을 잡고 마라톤을 완주하는 모습에 감동받아 전화를 드린 터였다. 씩씩하고 굳센 분이었다. 하지만 이미 여러 곳에서 섭외 전화를 받으셨던지, 내 전화에도 단박에 선을 그으셨다. "어떤 작가들은 유명한 프로니까 대뜸 나와 달라 그러더라고요. 그런 식이면 절대로 안 나가요. 작가 양반, 마라톤이 몇 키로를 뛰는 건지나 알아요?" 하고 물으셨다. "42··· 42점···." 당황한 나는 가장 기본적인 상식

조차도 선뜻 대답하지 못했다. "42.195킬로미터예요. 그럼, 앞이 보이지도 않는데 42.195킬로미터 어둠 속을 뛰는 기분은 어떤지 알아요?" 아… 나는 차마 대답하지 못했다. 그러자 그분이 말씀하셨다. "나에겐 힘든 일이에요. 작가라면 최소한 공부라도 하고 전화를 해야죠." 두고두고 잊지 못할 따끔한 말이었다.

나는 전화를 끊고 그분이 도전하시는 그랜드슬램 마라톤 대회 종목과 거리와 일정들, 신문기사에서 읽었던 그분의 사연과 생업에 대해서 꼼꼼히 공부했다. 그리고 다시 연락을 드렸다. 그제야 그분은 내 노력이 느껴졌는지 "공부 열심히 했네요. 고마워요."라며 천천히 자신의 이야기를 시작했다.

이 일을 계기로 내가 하는 일은 단순 취재가 아니라, 사람을 이해하는 일이라는 걸 배웠다. 타인을 완벽히 이해하진 못하더라도 어떻게든 이해해보려는 진심 어린 노력이 필요했다. 이후론 시간이 걸리더라도 취재원과 몇 달을 친구처럼 가족처럼 통화했다. 먼저 웃는 목소리로 인사를 건네고, 취재원의 생업과 삶에 대한 공부는 미리 해둔 상태로 이야기를 시작했다. 사람의 감정과 삶을 다루는 일은 언제나 조심스럽고, 시간과 정성이 필요했다. 나는 그렇게 사람들을 만났고 삶을 배웠다.

30년 동안 억척스럽게 소금밭을 일구며 살아온 명오동 씨는 꼬박 20일이 지나야 피는 소금꽃을 기다리며 "보고 자란 게 염전밖에 없어. 아버지가 염전하니께 나도 염전한 거지. 하늘에서 내려준 대로 해야제. 나는 하늘에서 소금 하라고 내려줬어."라며 소박한 인생철학을 이야기했다. 일곱 살에 바늘을 쥐었고, 아홉 살에 손수 저고리를 지었던 한상길 할머니는, 평생 수의壽衣를 지어왔지만 "수의는 인간세상에서 마지막으로 입는 옷, 정성스럽게 해드려야지."라며 아흔 가까운 나이에도 매일 바늘을 잡으셨다. 인도네시아에서 온 며느리 모마리 씨는 "인도네시아 말에 사랑싸움도 있어야 더 행복해진다는 말이 있어요. 사랑도 싸워야 간이 맞아요."라며 부부는 함께 이겨내야 더 행복해진다는 행복론을 전해주었다. 그리고 60년 만에 생모와 오빠를 찾아 나선 오복식 씨, "희망이 없어지면 어떡하지, 여보?"라고 묻자, 남편 박기천 씨는 대답했다. "희망을 가지고 살아, 뭐든지."

인생, 정성, 행복, 희망과 같은 삶의 소중한 가치들. 내게 그것들을 가르쳐준 사람들은 훌륭한 학자도 특별한 유명인도 아니었다. 어디선가 묵묵히 살아가는 보통 사람들이었다. 삶이라는 드라마를 살아가는 가장 평범한 주인공들. 그들의 이야기를 찾고, 대화를 나누고, 인연을 이어갈 수 있는 내 일에 감사했다.

〈인간극장〉에서 취재작가로 1년 반쯤 일한 뒤, 나는 몇몇

휴먼다큐에서 서브작가로 일했다. 하루가 어떻게 가는지 모를 정도로 정신없이 일하고 밤을 새웠다. 그래도 내 원고를 쓸 수 있다는 게 좋았다. 물론 아이템이 펑크 나거나, 짝꿍 피디와 영 맞지 않거나, 밤새워 쪽대본을 쓸 때는 머리를 쥐어뜯었지만, 그래도 내 일이 좋아서, 꿈에서도 촬영을 하고 원고를 썼다.

예전에 나는 어떤 사람이었더라. 떠올려봤다. 평범한 회사원이었던 나. 그때 나는 싹싹한 목소리로 먼저 전화를 걸어본 적 없었다. 하루를 충실히 살아가는 타인의 삶에 관심을 가진 적도 없었고, 인생, 행복, 희망 같은 것들은 그저 감상적인 말들이라고 치워두고 살았다. 나는 무난한 동그라미처럼 살아가는 평범한 사람이라고 생각했다. 그런데 작가 일이 내 삶을 바꿔놓았다. 특별할 것 없는 나의 삶에도 드라마는 있었다. 어느새 나는 내 인생의 드라마를 찍고 있었다. 그토록 특별하게 느껴졌던 '고작가'라는 이름으로 불리면서.

5년 차 되던 해, 방송작가를 그만두었다. 방송 일을 하며 다진 시선과 이야기 위에 조금만 더 큰 꿈을 더해 글을 써보기로 한 것이다. 마지막 방송을 끝내고 돌아오던 퇴근길. 열띤 연애가 끝난 듯 마음이 홀가분했다. 그리고 두려움이 몰려왔다. 여전히 특별할 것 없는 내가 잘할 수 있을까? 〈인간극장〉 출연자와 나누었던 대화가 떠올랐다. 별로 특별할 것도 없는데 어떻게 방송에 나가냐는 출연자의 물음에, 나는 이렇게 대답했었다.

"딱 20일만 일상을 지켜보세요. 우리가 주인공이고, 우리 삶이 다 드라마예요."

우린 미처 잊고 살았지만 삶의 무대에서 주인공이 아닌 사람은 없었다. 그저 좋아서 하는 일, 소박하게 살아가는 일상, 웃는 목소리에 느껴지는 진심, 따뜻한 말 한마디에 벅찬 행복, 먹먹한 눈물에 담긴 희망. 그런 소소하지만 소중한 가치들을 알아볼 때 드라마보다 더 드라마 같은 진솔한 삶이 펼쳐졌다.

그랬다. 살아가는 우리는 별로 특별할 것 없는, 가장 평범한 주인공들이었다.

작은 기적

떠날 땐 좋은 그릇을 가져가야 해. 엄마는 비싼 그릇과 조리도구들을 챙겨서 사줬고, 우리 사정에 부담스러운 가격인 걸 알고도 나는 암말 않고 다 받았다. 그동안 많이 챙겨주지 못한 미안함에 딸에게 뭐라도 더 보태주고 싶은 엄마의 마음을 알아서였다.

혼수품을 다 사고 무거운 마음으로 돌아섰다. 그런데 엄마가 어떤 가게 앞에서 눈을 떼지 못했다. "어머나, 이렇게 예쁜 그릇이 다 있니." 폴란드 그릇을 파는 가게였다. 소박하고 따뜻한 색감의 꽃과 문양들이 그려진 동그란 그릇들. 폴란드 장인이 손수 빚고 그려서 만들었다고 했다. 핸드메이드 제품이라 그런지 가격도 비쌌다.

"역시 장인이 만든 거라 다르구나. 예쁘긴 한데 너무 비싸다." 엄마는 아쉬운 목소리로 중얼거렸다. "엄마, 내가 사줄게." "아니야. 너무 비싸." 비싸다고 한사코 거절하는 엄마에게 나는 기어코 머그잔을 선물했다. 자잘한 보라색 수국이 그려진 항아리 모양의 잔이었다. "엄마, 시집가는 딸이 주는 선물이야. 이 잔으로 차 마시면서 딸 생각해." "고마워."

혼수품에 비하면 하나도 비싸지 않았다. 다른 폴란드 그릇들도 더 사주겠다고 했지만, 엄마는 손사래를 치며 이거 하나면 충분하다고 했다. 두 손에 쏙 안기는 수국 머그잔을 받아 들고선 아이처럼 기뻐했다.

그런데 어느 날, 엄마가 애지중지하던 머그잔이 떨어져 깨지고 말았다. 매일 수국 머그잔만 사용하던 엄마가 실수로 커피를 쏟았고, 식탁에서 떨어진 잔의 손잡이가 깨지고 만 것이다.

"수리야, 어떡하니. 네가 선물로 사준 잔이 깨졌어. 손잡이가 떨어져 버렸지 뭐야. 깨진 조각도 아까워서 찾아들고선 여기저기 붙일 방법을 알아봤는데, 아무래도 원래처럼 예쁘게 만들 수는 없을 것 같아. 아까워서 어떡하니. 우리 딸 선물인데…."

엄마가 너무 속상해하기에 나는 해당 폴란드 그릇 본사에 머그잔을 고칠 방법을 문의했다. 그리고 원래처럼 완벽히는 아니더라도 깨진 부분을 고쳐보겠다는 답변을 받았다. 엄마는 본사에 깨진 머그잔을 보냈다. 나중에 알고 보니 그냥 잔만 보낸 게 아니었다. 깨진 조각과 손 편지를 동봉하여 보냈다고 했다.

안녕하세요. 이 머그잔은 우리 딸이 시집갈 때 준 특별한 선물이에요. 평생 잘 쓰고 싶었는데, 제 실수로 깨져버려서 너무나 마음이 아프네요. 저는 아이들을 가르칠 때도, 책을 읽을 때도, 티타임을 가질 때도 이 머그잔에 차를 부어 한 모금씩 마시면서 행복한 시간을 보냈습니다. 딸애를 생각하면서요. 원래와 똑같지 않아도 괜찮아요. 이 머그잔을 계속 사용할 수 있게만 어떻게 고칠 방법이 없을까요? 부탁드려요.

그리고 몇 주 뒤, 손잡이가 고쳐진 머그잔이 도착했다. 본사에서도 덩그러니 잔만 보낸 게 아니었다. 반듯반듯 손 글씨로 적어 내려간 메모를 동봉해서 보냈다.

고객님 안녕하십니까. 항상 저희 제품을 아끼며 사랑해주셔서 감사를 드립니다. 사실 깨진 도자기를 다시 붙인다 해도 처음의 상태와 같아질 수 없고, 깨진 조각도 맞지 않아 본사에서는 많은 고민을 했습니다. 하지만 고객님의 정성 어린 편지를 본 후, 저희도 할 수 있는 한 최선의 조치를 취해보고자 마음을 먹게 되었습니다. 따님을 생각하시는 고객님의 마음을 생각하며, 저희 또한 최선을 다해 작업을 하여 고리를 붙일 수는 있었습니다. 그럼에도 제품의 모습이 처음과 같지 않아 고객님의 마음에 들지 않을까 염려가 됩니다. 고객님과 따님의 사랑이 가득 배어 있는 소중한 첫 잔이 저희 제품이라 더욱 감사한 마음입니다.

추운 겨울, 늘 건강하시고 항상 행복하시기를 바랍니다.

— L 본사 직원 일동

엄마에게서 메시지가 왔다. "딸, 머그잔이 왔네. 찻잔 가득 기쁨이 흘러넘친단다." 고쳐진 손잡이 부분은 원래의 문양과는 달랐지만, 투박하고도 정성스러운 손길이 닿아 있기에 엄마는 그 머그잔이 더 좋아졌다고 했다. 엄마는 얼마나 기뻤는지 그 후로도 다섯 번이나 내게 전화를 했다. 그렇게 엄마의 머그잔은 세상에서 단 하나뿐인 특별한 선물이 되었다.

뭉클한 작은 기적. 결국은 마음이었다. 나의 마음과 엄마의 마음, 그리고 겨우 깨진 머그잔 하나를 고치는 데에도 최선을 다한 회사의 마음. 저마다 다른 문양의 조각들이 이어져 아름다운 퀼트처럼, 마음과 마음이 이어진 아름다운 머그잔은 세상에 단 하나밖에 없었다.

엄마의 두 손에 따뜻하게 안길 머그잔. 손잡이에 다른 문양이 붙어 있어도 예쁘기만 하다.

내가 사랑한 1분

'프리뷰'라는 작업이 있다. 피디가 찍어온 영상을 글로 풀어서 문서화하는 일로, 다큐멘터리에서는 가장 기본이 되는 작업이다. 나는 다큐 미니시리즈 〈인간극장〉에서 총 여덟 편의 작품을 프리뷰했다. 〈인간극장〉은 촬영 기간이 20여 일에 달한다. 60분짜리 6mm 테이프로 적게는 70개, 많게는 100개가 넘는 촬영 분량이 나왔다. 시간으로 환산하면 4,200분에서 6,000분 사이. 그 테이프들은 하나도 빠짐없이 프리뷰 작업을 거쳤다. 한 작품을 만드는 동안 보통 800~900여 장의 두툼한 프리뷰 노트가 완성됐다.

처음에 나는 60분짜리 테이프 하나를 프리뷰하는데 꼬박 여섯 시간이 걸렸다. 프리뷰가 그저 오디오를 받아적는 일이라면 얼마나 쉬울까. 카메라가 모래사장을 담아왔다면, 프리뷰는 모래알을 늘어놓는 작업이었다. 어떤 장면과 어떤 대사가 편집에 쓰일지 모르기 때문에 아주 사소한 것들까지도 세세히 정리해야 했다. 1초라도 빠짐없이 모든 순간을 빼곡히 기록하는 작업이었다.

그렇다 보니 프리뷰 작업을 위해서는 출연자의 행동과 말투, 얼굴과 감정, 미묘한 상황까지도 자세히 살펴볼 수밖에 없었다. 출연자가 어떤 걸음걸이로 걷는지, 말할 때 어떤 버릇이 있는지, 얼굴 어디에 흉터와 점이 있는지, 심지어는 어떤 이불을 덮고 자는지, 머리를 어떻게 감고 말리는지, 어떤 반찬을 자주 집어 먹는지.

켜켜이 쌓인 일상이 만들어낸 사람의 얼굴과 버릇과 말투와 삶. 그런 것들을 주의 깊게 들여다보고 나면, 사랑하게 될 수밖에 없다.

그렇게 내가 사랑한 사람들. 차례로 태어나 울음을 터트리고 발 도장을 찍었던 세쌍둥이, 자꾸 꼬이는 등에를 쫓아내는 당나귀와 그런 녀석의 꼬리털을 사랑스럽게 빗겨주던 아저씨, 장난감 장고를 머리통에 꽂아버리며 격렬하게 싸우던 여덟 살 쌍둥이 남매, 숨겨왔던 아들의 죽음을 고백한 후 말없이 겉절이를 담그던 할머니, 귀가 들리지 않는 아빠의 등 뒤에서 천진난만하게 물을 뿌리며 "아빠, 아빠!" 부르던 꼬마 형제, 치매 때문에 갑자기 제작진을 알아보지 못하시고 "이놈아!" 지팡이를 휘두르며 달려들던 아흔 살 할아버지까지.

출연자를 사랑하게 된 작가에게는 관찰했던 모든 순간이 다 소중했다. 그러나 그 소중한 순간들 중에서도 유독 마음에 남는 결정적 순간들이 있었다. 한 편의 작품, 100여 개의 촬영 테이프, 900여 장의 기록. 그 어마어마한 프리뷰 노트에서 단 몇 줄에 불과했지만 내 가슴엔 결정적으로 남은 1분들. 여기, 내가 사랑한 1분들.

오동 씨의 소금밭 로맨스

30년 동안 소금밭을 일구던 오동 씨의 아내 향순 씨는 뒤늦게 대학 공부를 하고 있었다. 하지만 타고난 리더 향순 씨, 온갖 동네일을 도맡아 눈코 뜰 새 없이 바쁜 데다, 집안일에 소금밭, 그리고 농사까지 일구다 보니 6년 동안 졸업도 못 하고 그저 공부만 하는 것이었다. "핵교를 몇 년을 댕겨도 졸업도 못 하고, 늙어 죽을 때까지 공부만 하거써." 남편의 타박에도 향순 씨는 배움이 좋단다.

중간시험을 치르는 날, 비금도에서 목포까지 배를 타고 나가야 하기에 향순 씨는 서둘러 집을 나섰다. 아침도 거르고 무거운 가방까지 둘러멨지만 향순 씨는 싱글벙글했다.

2642* 피디 기분 좋으세요?

향순 학생의 기분이잖아. 시험 보러 간다는 자체만으로도 기분이 좋지.

2657 버스정류장으로 걸어가는 향순

2715 향순 나는 아침 동산에 떠오르는 태양처럼 주위에 희망을 주는. 마지막 남은 삶은 그렇게 살았으면 좋겠어. 그동안 내가 생각해도 너무 한여름 낮에 태양처럼 지글지글 타오르게 살았던 것 같아. 어둠을 밝히는 아침 태양처럼 조용하게 살고 싶은 게 나의 꿈이여.

2752 이웃집 사람과 인사하며 걸어가는 향순

공부한 내용을 달달 외며 걸어가는 향순 씨 앞으로 아침 해가 떠오르고 있었다. 아침 햇살을 머금은 향순 씨의 말간 얼굴이 너무도 설레고 초롱초롱해서 나는 이 장면을 몇 번이고 다시 돌려 보았다. 어쩜 사람이 이렇게 예쁠 수 있을까. 그 뒤로 향순 씨가 무사히 졸업을 했는지는 모르겠다. 허나 졸업이 대수랴, 남편 말대로 늙어 죽을 때까지 공부만 한다 해도 향순 씨는 행복할 텐데.

* 대본 앞의 숫자는 영상 시간을 기록하는 숫자로, 26분 42초를 가리킨다. 방송 용어로는 TC(Time Check)라고 한다.

종종 안부를 여쭈면 "오메, 수리수리마수리, 힘내씨오!" 씩씩한 격려부터 건네는 향순 씨. 매일매일 비금도에 떠오르는 아침 태양처럼 오늘도 환히 주위를 밝히며 살아가고 있을 것이다.

오복식의 크리스마스

복식 씨는 아주 어렸을 때 입양되어 가난하고 힘든 삶을 살았다. 크리스마스를 앞두고 〈인간극장〉을 찍게 된 그녀는 60년 전 헤어진 엄마와 오빠를 찾기로 결심한다. 하지만 제대로 된 기록도 명확한 기억도 없는 상황. 백방으로 알아보았지만 가족 찾기는 매번 실패했다. 어느덧 촬영은 막바지에 이르렀고, 가족의 행방은 여전히 감감무소식. 그때, 밤골마을에 펑펑 함박눈이 쏟아졌다.

5157 눈 치우는 밤골마을 사람들

5228 집 앞, 눈 치우는 복식

5234 피디 어머니 아직 못 찾으셔서 어떡해요?

복식 엄마 못 찾아서? 눈이 많이 오는 거 보니까
찾을 거 같은데…. 하늘에서 좋은 일이 있으려고
눈이 이렇게 많이 내리는 거 아니야?

피디　눈이 많이 오면 좋은 일이 생겨요?

복식　좋은 일이 있으려고 눈이 내리는 거야.

하얀 함박눈이.

피디　그게 무슨 말씀이세요?

복식　눈이 많이 내리면 희소식이거든. 복식이가

이 세상에서 부모를 그리워해서, 하늘에서 하느님이

하얀 눈을 부슬부슬 내려주시잖아요. 엄마 소식

오빠 소식 다 찾으라고. 이렇게 복을 주시는 거야.

그래서 내가 이렇게 눈 맞고 서 있는 거야.

얼마나 좋아.

5313　눈 구경하는 복식

복식 씨는 현관문에 서서 함박눈을 바라보았다. 손을 뻗어 눈을 맞으며 천진난만하게 웃는 얼굴. 그 모습을 바라보는 내 마음은 시큰거렸다.

나는 지자체, 학교, 경찰서까지 긴밀히 연락하며 노력해봤지만 가족들을 찾을 수가 없었다. 복식 씨에겐 "그래도 곧 좋은 소식이 있을 거예요."라고 말씀드렸지만, 사실 희망의 끈을 거의 놓아버린 상황이었다. 그때, 이 장면을 만났다. 천진난만한 얼굴로 희망을 이야기하는 복식 씨에게 너무나 미안했다. 정말로 좋은 일이 생겼으면 좋겠어요. 그 누구보다 간절히 바라며, 나는 밤골마을에 내리는 함박눈을 하염없이 바라보았다.

크리스마스의 기적은 끝내 일어나지 않았다. 복식 씨는 엄마도 오빠도 찾지 못했다. 방송이 끝나고, 그녀는 제작진을 초대해 푸짐한 잔칫상을 대접하며 말했다. 수고했다고, 감사하다고, 행복했다고. 복식 씨는 그런 사람이었다.

나는 아직도 함박눈을 맞으며 환하게 웃던 복식 씨의 얼굴을 잊지 못한다. 그날 밤골마을에 내리던 눈은, 그럼에도 꿈꿔보는 간절한 희망이었고, 추운 마음에 내렸던 따뜻한 선물이었으리라.

마리의 남자들

때로는 손끝에서 전해지는 어떤 진심도 있다. '마리의 남자들'은 인도네시아에서 온 모마리 씨와 시골 총각 민수 씨 가족의 이야기였다. 모마리 씨는 역대 최고의 캐릭터였다. 구성진 사투리와 넘치는 웃음, 수준급의 춤과 노래, 싹싹하고 착한 마음씨까지. 하지만 순조롭지 않았다. 남편 민수 씨가 통 마음을 열지 않았기 때문이다.

민수 씨는 어린 시절에 생긴 청각장애 때문에 말을 하지 못했다. 아무래도 카메라가 부담스러우셨던 모양인지 제작진의 요구를 모르는 척하거나, 그저 무뚝뚝한 표정으로, 어떠한 감정 표현도 하지 않으셨다.

오래 고민하다가 민수 씨의 언어로 다가가 보기로 한 제작진은 수어선생님을 섭외해 부부가 속 깊은 대화를 나눌 수 있도록 도왔다.

2108 마리를 보는 민수

마리 전하고 싶은 말은 많은데 말이 안 통하니까….

선생님 (민수에게 수어로 전달하는) 전하고 싶은 말이 많았대요.

마리 아무래도… 뭐라고 할까. 남편이 저한테 그만큼 잘해주고 나름대로 열심히 하잖아요. 내 마음은 고맙고 짠하다고. 항상 그렇게 전하고 싶었는데….

2155 눈물을 글썽이는 마리

선생님 (민수에게 수어로 전달하는) 그 마음이 정말 고맙고, 그동안 사랑해줘서 감사한 마음을 전하고 싶었는데 수어가 부족해서 못 했대요.

2211 우는 마리

결혼한 지 8년 만에, 수어선생님의 도움으로 남편에게 자신의 마음을 온전히 전할 수 있었던 마리 씨. 시종 유쾌하고 씩씩했던 그녀가 눈물을 쏟았다. 그러자 무뚝뚝하기만 했던 민수 씨가 수화로 대답했다. "울지 마. 여보, 열심히 삽시다. 사랑해."라고.

어느 새벽, 사무실에서 프리뷰를 하다가 이 장면을 만났다. 민수 씨의 손짓은 국경도 언어도 말도 모두 뛰어넘는 감정을 담고 있었다. 8년 만에야 아내에게 자신의 언어로 마음을 전할 수 있었던 남편의 마음은 어땠을까. 왈칵, 눈물을 참을 수 없어서 프리뷰를 멈추고 한동안 이 부부를 지켜보았다. 어쩌면 이들 부부의 삶에서 잊지 못할 순간, 그것도 편집되지 않은 날것의 순간을 보고 있는 내가, 얼마나 운이 좋은지 생각했다.

아주 평범한 우리의 일상도 프리뷰한다면 어떨지 상상해본다. 내가 우주의 티끌만큼 작고 하찮은 존재라고 느껴질 때, 매일 쳇바퀴처럼 굴러가는 생활이 지긋지긋하고 버거울 때, 내가 나인 게 맘에 들지 않고 너무도 못생겨 보일 때. 딱 20일만, 그런 우리의 일상을 프리뷰해보는 건 어떨까. 나는 평범하기 그지없는 우리의 일상에서도 마음을 울리는 결정적 1분을 발견할 수 있다고 믿는다.

내가 했던 모든 프리뷰에는 결정적 1분이 있었다. 지극히 평범한 20일의 기록 속에서. 그래서 우리에겐 일상이 중요하다. 현실을 살아가는 우리는 한두 시간 방송 분량의 삶을 살진 않지만, 해피 엔딩인지 새드 엔딩인지 엔딩 크레디트도 없이 삶은 계속되지만, 당장 내일도 어떻게 먹고 살아야 하나 걱정해야 하지만, 우리가 살아가는 프리뷰 노트 같은 일상, 반짝이는 1분은 그런 6,000분 안에 있다.

밋밋하고 사소해 보이는 평범한 일상에서 만나는 결정적 1분. 그건 아마도 열심히 살아가는 우리에게 찾아오는 선물 같은 순간이 아닐까.

* 이 글에 사례로 들어간 프리뷰 노트는, 독자들을 위해 촬영 용어를 간소화하여 각색한 것입니다. 프리뷰 노트 속 대사들은 출연자의 말을 그대로 옮겼기 때문에, 어순이 맞지 않거나 다소 부자연스럽게 읽힐 수 있습니다. 〈인간극장〉 대사 역시 출연자의 실제 말투를 거의 그대로 살리는 경우가 대부분입니다.

그랬다.

살아가는 우리는

별로 특별할 것 없는,

가장 평범한 주인공들이었다.

엄마와 딸

여름에 엄마와 나는 자주 만났다. 강원도에서 심야버스를 타고 서울에 찾아온 엄마. 반가웠지만, 반갑지 않았다. 왜냐면 그만큼 아픈 곳이 많아졌다는 뜻이니까. 엄마가 서울에 올 때마다 우리는 병원을 찾았다.

엄마는 또 심야버스를 타고 올라왔다. 역시나 짐이 한 보따리였다. 무거웠다. 아니 이걸 어떻게 혼자 들고 온 거야? 심통이 났다.

"엄마, 이게 다 뭐야?"

"열무김치랑 부추김치 담가 왔지. 사과랑 배랑 포도도 있어."

"과일은 우리 동네 시장 가서 같이 사 오면 되잖아. 무겁게 뭘 바리바리 싸 들고 와."

"아니야. 이게 서울 과일이랑은 달라. 다 고랭지! 유기농이야."

고랭지, 유기농은 개뿔. 그냥 동네 시장에서 사 온 거면서. 나는 사과랑 배랑 포도가 너무너무 미워서 냉장고에 툭 처넣어버렸다.

내가 소파에 앉아서 텔레비전을 보는 동안, 엄마는 청소를 시작했다. 잔소리를 달고선 방바닥을 쓸고 닦고, 주방 청소, 냉장고 청소, 욕실 청소까지. 혼자서 바빴다. 미리 집 안 대청소를 해뒀건만 엄마에겐 영 미덥지 않은 모양이다. 비누를 놓아둔 위치, 그릇을 포개둔 모양, 수건을 개어놓은 방법까지 맘에 드는 게 하나도 없나 보다.

아프다는 사람이 아무리 그만하래도 가만히 앉아 있질 않는다. 그런 엄마를 보며 나는 부아가 났다. 한참 후에야 엄마는 고무장갑을 벗고 내 옆에 앉았다. 하지만 그것도 잠시, 다시 냉장고로 달려갔다.

"딸, 요게 얼마나 맛있는지 알아?" 포도를 꺼내 씻는 엄마. "어머나, 다 물러버렸네. 아까워라." 물렀거나 말거나. "요고요고 얼마나 맛있는데, 먹어봐. 아우, 맛있어." 종알거리며 포도를 내미는 엄마. "맛있지? 진짜 맛있지?" 달긴 달다.

하지만 나는 암말도 하지 않았다. 툴툴대며 먹은 포도가 맛있기까지 하니 더 미워죽겠다. 그냥 몇 알만 먹고 말았다. 무뚝뚝한 딸내미 곁에서 엄마는 조용해졌다. 텔레비전 혼자만 번쩍거리며 시끄러운 밤이 지나갔다.

다음 날 아침, 병원에 갈 짐을 싸는데 엄마가 까만 봉다리

하나를 챙겼다. 포도였다. 너무 맛있어서 병원에서 혼자 먹을 거랬다. 하지만 종일 병원에 있던 엄마는 포도를 꺼내 먹을 여유가 없었다. 치료는 생각보다 오래 걸렸고, 나는 대기실에 멀뚱히 앉아서 간호사들이 드나들 때마다 열렸다 닫히는 치료실 자동문만 쳐다보았다.

그날 엄마는 핼쑥해진 얼굴로 돌아왔다. 저녁도 먹지 못하고 쓰러져 잠들었다. 잠든 엄마를 보다가, 문득 가방 속에 넣어둔 포도가 떠올랐다. 씻어서 냉장고에 넣어놔야겠다. 까만 봉다리에 꽁꽁 싸둔 포도를 꺼내 씻었다. 그런데 촉감이 이상했다. 물컹물컹. 죄다 짓무른 포도알뿐이었다. 아. 엄마는 못 먹을 것들만 골라서 혼자 먹겠다고 넣어 갔던 거다.

어차피 먹지도 못할 무른 포도알들을 씻었다. 그저 씻고 또 씻었다. 물컹물컹. 다 씻은 포도알 위로 물인지 눈물인지 알 수 없는 것들만 똑똑 떨어졌다. 그냥 말해줄 걸 그랬어.

"엄마, 포도 진짜 달다. 맛있네."

기억을 걷는 시간

아버지와 헤어진 열일곱 살 때부터 그를 잊기로 결심했다. 그래서일까. 나는 충격적인 사고를 당한 사람처럼 그에 관한 것들을 선명하게 기억하지 못한다. 기억나는 것은 어렴풋한 이미지들뿐이다. 아버지는 조용하고 똑똑한 사람이었다는 것. 하지만 술만 마시면 평소와 완전히 달라졌다는 것.

우리가 헤어지기 몇 달 전이었다. 아버지는 술로 인해 망가질 대로 망가졌고, 나는 실어증에 걸린 사람처럼 한마디도 하지 않았다. 어느 날, 술 냄새를 풍기며 다가온 아버지가 도시락을 싸 달라고 부탁했다.

나는 얼굴을 구긴 채 부엌으로 향했다. 냉장고에서 반찬들을 꺼내 한꺼번에 반찬통에 담았다. 그리고는 그것들을 아무렇게나 휘휘 저어 내밀었다. 아버지는 엉망인 도시락을 받아 들고선 나를 빤히 쳐다보았다. 나는 그를 노려보았다. 내 마음이 말했다. '나는 당신이 미워. 죽을 만큼 미워.' 그러자 그가 희미하게 웃으며 말했다. "고맙다." 이것이 아버지에 관한 거의 마지막 기억이다.

아버지가 없어서 힘든 점은 없었다. 엄마는 아버지의 몫까지 더해 우리를 키웠고, 우리 남매는 아버지의 몫까지 더해 엄마를 사랑했다. 하지만 아무리 그래도 그가 필요한 순간은 몇 번쯤 나를 찾아왔다. 정작 아버지는 없는, 아버지에 관한 기억들.

기억 하나. 스무 살, 학자금 대출을 받으러 은행에 갔을 때였다. "어떡하죠. 대출을 받을 수가 없네요." 직원이 안타까운 목소리로 말했다. 아버지가 고의적으로 가족의 재산과 모든 권리를 가져가 버린 터였다. 아직 미성년자였던 나의 친권은 그에게 있었고, 친권자의 동의가 있어야만 대출이 가능했다.

사정을 이야기하고 혹시 다른 방법은 없는지 물었다. 직원이 이것저것 알아봐 주었지만 끝내 학자금 대출을 받을 수 없었다. "정말 죄송해요." "아녜요. 괜찮아요." 나는 손사래를 치며 은행을 빠져나왔다. 그리고 재빨리 건물 틈새로 들어갔다.

비좁은 골목, 바닥에는 담배꽁초와 쓰레기가 나뒹굴고 있었다. 골목 밖에는 사람들이 바쁘게 지나가고 있었다. 자꾸만 눈물이 났다. 괜찮아. 아무 일도 아니야. 나는 눈물을 훔쳤다. 그러나 나는 괜찮지 않았다. 아버지가 필요했다.

기억 둘. 대학 시절 내내 주말 아르바이트로 결혼식 비디오

촬영을 했다. 하루에도 네다섯 개의 결혼식을 촬영했고 그 수만큼의 서로 다른 가족들을 지켜봤다. 가족이 가장 두드러지는 날, 가족 모두가 홈드라마의 주인공인 날. 결혼식 날은 어디든 카메라를 돌려도 모든 사람이 웃고 있는 아주 행복한 날이었다.

하지만 오랫동안 촬영을 하다 보니 언제부턴가 가족들의 얼굴에 맴도는 미묘한 감정을 감지할 수 있었다. 분명 기쁘고 좋은 날인데 환한 웃음 뒤에는 이상한 감정이 붙어 있었다. 싱숭생숭 또는 멜랑콜리라고 이름 붙일 만한 그 슬픈 감정은, 한바탕 웃고 난 후 돌아서는 찰나의 얼굴에, 보일락 말락 붙어 있었다.

유독 그 감정을 숨기지 못하는 사람이 있었는데, 바로 신부 아버지였다. 특히나 신부 입장 순서가 되면 돌처럼 굳어버려 거의 울 듯한 얼굴이 되었다. 마지막으로 딸을 바라보는 아버지의 모습은 애잔함을 넘어, 어딘가 비장해 보이기까지 했다.

신부 입장. 그 시간은 특별하게 다가왔다. 아버지와 딸의 시간들이 모조리 응축되어 반짝반짝 뿌려지는 시간. 그날만큼은 세상에서 가장 아름다운 신부와 그 고운 손을 붙잡고 걸어가는 아버지의 모습. 내 카메라에서 그 장면은 슬로모션으로 천천히 재생되었다.

네모난 카메라 프레임 속에 담긴 아버지의 등은 걸음걸음, 작은 점으로 변했다. 애틋하고도 따뜻하고도 서운하고도 슬픈 걸음. 뭉클한 점이 되어 사라지는 아버지의 뒷모습을 보면서 생각했다. 저렇게나 나를 사랑해줄, 나의 손을 잡아줄 아버지가 없다는 건 아무래도 좀 슬픈 일 같다고.

필요한 순간마다 아버지는 내 곁에 없었다. 그래서 나는 아예 그의 기억을 지워버리고 사는 게 낫다고 생각했다. 하지만 그에 대한 나쁜 기억을 빼면, 슬픈 기억들만 남았다. 그 기억에서조차 아버지를 다정하게 미화해서 그리고픈 나의 마음은 여전히 아리다.

아버지가 없다는 건 사실 많이 힘든 일이었다. 헤어졌다고 해도 우리는 여전히 가족이라는 사회적 관계로 묶여 있었고, 그의 빈자리는 채워도 채워도 메워지지 않는 구멍처럼 허전하고 추웠다. 엄마는 아버지의 몫까지 더해 우리를 키워야 했고, 우리 남매는 아버지의 몫까지 더해 엄마를 사랑해야 했다.

나는 아버지가 미웠지만 아버지가 필요했다. 그래서 언제나 그를 외면했지만, 또 언제나 그를 생각했다. 싱숭생숭 또는 멜랑콜리라고 이름 붙일 만한 그런 감정. 그를 한바탕 미워하고 돌아서는 찰나에, 아플락 말락 어떤 슬픔이 몰려왔다. 조용한 슬픔이었다. 예상치 못한 순간에 문득 밀려드는 아버지의 기억은 나에게 조용한 슬픔을 안겨주었다. 그때마다 나는 묻고 싶었다. 아버지는 왜 내 손을 잡아주지 않았느냐고.

그러나 헤어진 사람은 말이 없다. 상처 입은 사람은 상처 입은 채로 어떻게든 살아가야만 했다. 언젠가. 내가 더 나이가 들고 부모가 된다면 아버지를 이해할 수 있을까. 억지로 지워버린 아버지의 기억을 다시 떠올릴 수 있을까. 그리하여 아버지를 용서할 수 있을까.

아버지와 헤어지고 오랜 시간이 흘렀다. 한동안은 그와 비슷한 연배의 아저씨들을 마주칠 때면 마음이 무너지곤 했다. 하지만 이제는 조그맣게 바란다. 아플락 말락 마음이 아리지만, 아버지도 이 아저씨들처럼 어딘가에서 그냥 잘 살았으면 좋겠다고.

시간은 쉼도 없이 흐른다.

그래도, 아니 그래서, 조용한 슬픔은 어쨌든 무뎌지긴 하는 것이다.

내가 가장 예뻤을 때

구름색 점토를 주물럭거린 것 같은 하늘이었다. 미세먼지 농도 나쁨. 채도가 낮은 풍경은 한 톤 차분했고 공기에선 먼지 냄새가 났다. 아무도 없는 거리를 걸었다. 익숙한 동네, 늘 다니던 길인데도 그날따라 낯설게 느껴졌다. 이상했다. 길을 잃은 기분이었다. 길고양이 한 마리가 느릿느릿 내 곁을 지나갔다. 나도 길고양이처럼 걸었다. 오래된 주택이 모여 있는 골목길을 느릿느릿. 가만히 걷다 보니 낯설다 싶다가도 익숙한 기척이 느껴졌다. 불현듯 데자뷔를 깨달아버린 사람처럼 나는 알아차렸다. 아. 여기는 일본 거리구나.

스물셋의 나. '일본 거리'를 걷고 있었다. 일본 거리는 일본이 아니라 중국 다롄에 있었다. 10개월 동안 유학했던 항구도시 다롄은 오랫동안 러시아와 일본의 조차지였던 아픈 역사를 간직한 곳이었다. 훗날에도 이국적인 건축물과 조경이 남아 독특한 풍경을 품고 있었다. 러시아인들이 살던 지역이 마트료시카가 진열

된 관광지로 되살아난 '러시아 거리'와는 달리, 고위 관리직 일본인들이 머물다가 패망 후에 빠져나간 일본 거리는 그대로 죽어버렸다.

죽어버린 거리에는 아무것도 없었다. 일본어 간판이나 일본어 노래도, 호객하는 상점도, 생활하는 사람도 없었다. 담장 밖을 넘지 않는 나무들과 가지런한 보도블록, 그리고 오래되고 단정한 주택들뿐이었다. 부유한 일본인이 머물던 주택들은 서구적이었고 깨끗하고 예뻤다. 아마도 이 거리의 이름을 모른다면 스위스 거리나 프랑스 거리, 혹은 벨기에 거리라고 불러도 믿을 터였다. 이름은 일본 거리였지만, 그곳은 일본이 아니었고, 나는 일본이 아닌 곳에서 일본 거리 같지 않은 일본 거리를 걷는 사람이 되어버렸다. 그래서 나는 일본 거리를 좋아했다. 거기엔 아무것도 없어서, 거기는 아무것도 아니어서 좋았다.

가까이에는 '얼통 공원'이라는 자그마한 호수 공원이 있었다. 다렌 기상대 언덕길을 내려와 일본 거리를 가로질러 얼통 공원에 이르는 산책을 자주 했다. 홀로 걷는 시간이 좋았다. 이국에서 또 다른 이국적인 거리를 걷는 동안, 겹쳐진 나라들의 어느 말 하나도 알아들을 줄 모르는, 멀고 먼 이방인의 기분이 좋았다. 아무도 나를 알지 못했고, 알려고도 하지 않았다. 나는 완전히 혼자였다.

자신의 가난과 불행을 정확히 아는 사람은 완벽하게 숨어버린다. 모든 시도와 관계, 그리고 자기 자신으로부터. 실은 도피에 가까운 유학이었다. 수능을 완전히 망쳐버렸지만 재수를 할 형편은 되지 않았다. 중국어를 배워두면 취업에 유리할 거라는 떠밀림에 중국어에 성조가 있는지도 모른 채 중국어과에 진학했다. 월화수목금토일 아르바이트를 하며 고시원을 전전했다. 등록금과 생활비를 버느라 여행은 떠나본 적 없었다. 밥 먹고 술 마실 돈이 없어서 바쁜 척 친구들을 피했다. 먹고 자고 노는 일은 모두 사치처럼 느껴져서 연애를 할 때에도 죄책감을 느꼈다. 나는 모든 시간을 돈으로 환산하며 절박하게 살았는데도. 그런데도, 언제나 돈은 없었고 미래는 막막했다.

방문을 붙잡고도 한 발짝도 나설 수 없었던 내가, 걸려온 전화를 보면서도 통화 버튼을 누를 수 없었던 내가, 한낮에도 커튼을 치고 끝없는 잠에 빠져들었던 내가, 고장 난 거라는 걸 알지 못했다. 아니, 알았지만 어떻게든 살아가야 했기에 모른 척했다. 건강하지 않은 방식으로 서서히 나를 파괴하며, 나를 잠식한 불안과 우울을 멍청히 바라보던 스물셋. 줄줄 울면서 "나 너무 아파." 소리 내어 깨달은 어느 밤에 나는 무작정 휴학을 결심했다. 모은 돈을 탈탈 털어 유학이라는 명목으로 아는 이 하나 없는 낯선 도시로 떠났다.

나는 나를 데리고 떠나왔다. 옷도 책도 거의 없이 트렁크 하나에 나를 꾸깃 담아왔다. 도착한 곳에다 트렁크를 열자 내가 뚜벅뚜벅 걸어 나왔다. 아무도 나를 모르니까 숨을 필요가 없었다. 그때부터 나는 다시 태어난 사람처럼 살았다. 무리 지어 소문 내길 좋아하는 여자애들에겐 퉁명스럽게 젠체했다. 나를 좋아하는 남자에겐 쌀쌀맞고 못되게 대했고, 내가 좋아했던 남자에겐 멍청하고 불쌍하게 굴었다. 말이 잘 안 통하는 외국인들에겐 귀엽고 웃긴 애가, 그나마 마음을 털어놓는 친구 서넛에겐 진지하고 우울한 애가 되었다. 사람에게 자주 반했고 또 자주 지겨워했다. 짝사랑도 하고 데이트도 했다. 다른 언어를 쓰는 남자애와 마주 앉아 눈을 빤히 쳐다보는 순간이 좋았다. 그러다가도 명랑하게 헤어졌다. 그 애들은 나를 어떤 애라고 생각했을까. 사람들을 만날 때마다 새로운 배역을 맡게 된 배우처럼, 나는 모두에게 다 다른 사람이 되었다.

그곳에서 나는 책도 읽지 않고 영화도 보지 않았다. 글도 쓰지 않고 연락도 하지 않았다. 나만 아는 장소와 나만 아는 사람과만 관계 맺으며 간결하게 지냈다. 수업 시간에는 낯선 나라 친구들과 낯선 언어로 대화했다. 중국어와 일본어, 불어와 러시아어, 독일어와 몽골어로 안녕, 반가워, 좋아해, 예쁘네, 고마워, 웃기잖아, 바보야, 잘 가. 이런 말들을 배워서 더듬더듬 말해보다가 헤어지는 일이 즐거웠다. 혼자인 시간에는 밖으로 나가 오래 걸었다. 일본 거리를 지나 얼통 공원 호수 언저리를 몇 바퀴나 돌 때까지. 해가 저물어 풀과 나무와 물속에 깜깜한 밤이 내릴 때까지. 활짝 펼쳐본 열 손가락이 어둠에 물들어 투명하게 느껴질 때까지. 나는 나에 대해 오랫동안 생각했다.

나의 가난, 나의 불행, 나의 우울, 나의 마음. 그럼에도 꿈꾸는 나의 희망 같은 것. 희망을 생각하자 밤도 미래도 깜깜하지 않았다. 어느새 내가 희망과 가까워졌다는 걸 알아챘다. 어디에도 숨지 않고 누구에게도 길들여지지 않는, 나의 삶을 살고 있다는 실감. 사는 게 버겁지도 두렵지도 않았다. 이 모든 것이 내가 떠났기 때문이라는 걸 깨달았다. 그러니까 이 떠남은 여행도 유학도 도피도 아니었다. 나의 걸음으로 떠나온, 첫 번째 시도였다. 관계와 책임에서 벗어나자 비로소 생생한 감정을 가진 나라는 사람이 드러났다. 나는 변한 것이 아니었다. 모두 내가 가지고 있던 진짜 모습들이었다.

나는 내가 좋아졌다. 투명했으므로. 세상이란 배경에 물로 그린 그림처럼 투명하고 깨끗한 나를, 나만은 알아볼 수 있었다.

퉁명스럽다고 못된 걸까. 멍청하다고 나쁜 걸까. 나쁘다고 옳지 않은 걸까. 우울하다고 이상한 걸까. 이상하다고 엉망인 걸까. 퉁명스럽고 멍청하고 나쁘고 우울하고 이상한 나. 그런데도 숨지 않고 밖으로 나와, 걷고 사귀고 사랑하는 나라는 사람이 예뻤다.

흐린 구름색 하늘과 채도 낮은 풍경이 먹먹하고도 차분했던 도시. 초봄이면 매연과 꽃가루 때문에 희부옇던 다렌의 공기. 바다를 품고 있어 멀리서도 느껴지던 미미한 바다의 기운. 오래 빼앗겼던 시간에 스며 있던 슬픔의 정서. 조용하고 단정한 주택들이 가지런히 늘어서 있던 거리. 죽은 집 같아 보이는데 어쩜 이리도 깨끗할까 바라보던 하얀 벽. 마음에 두고 날마다 올려다보던 커다란 버드나무. 연인들이 서로를 안고 더듬던 비밀스런 밤의 호숫가. 그 풍경들을 홀로 걷던 스물셋의 나. 일본에는 가본 적도 없으면서 일본 거리를 걸으며 일본 시인의 시를 속으로 중얼거렸다. “내가 가장 예뻤을 때 나는 아주 불행했고 나는 아주 바보였고 나는 무척 쓸쓸했다.*” 끝내는 내 마음대로 덧붙이는 것이었다. 나는 가장 솔직했다.

* 이바라기 노리코, 〈내가 가장 예뻤을 때〉

유학에서 돌아온 나는 다시 이전에 생활로 돌아갔다. 중국어는 늘지 않았고, 자격증도 따지 못했다. 여전히 돈도 시간도 미래도 없었다. 그러나 나는 조금 달라져 있었다. '나'라는 주어를 분명히 말할 수 있는 사람이 되었다. 등을 펴고 상대의 눈을 응시할 수 있는 사람이 되었다. 유학생활이 어땠냐고 묻는 이들에게는 이렇게 대답했다.

"没事. 메이 쓰."

아무 일도 없었어. 아무 일도 하지 않았어. 아무도 없던 시간, 아무도 모를 시간을 보냈지. 나는 아무도 아니었고, 나는 그저 나였어. 그래서 没事. '일이 없다'고, '무사하다'고. "괜찮아요."라는 의미의 기초 중국어로 대답했다.

이제는 떠나온 거리를 걷는다. 그곳과 겹쳐 보이는 풍경과 먼지 섞인 바람을 쐬며, 잠시라도 그때를 붙잡으려는 사람처럼 조심히 걷는다. 어느새 시간도 길고양이처럼 지나가 버렸다. 느릿느릿, 그러다 무심하게도 훌쩍.

보고 싶다. 까맣게 잊어버리고 지내다가도, 어느 날 문득 선명히 떠오르는 거리가 있다. 아니, 보고 싶어서 생각하는 얼굴이 있다. 물방울처럼 투명하게 혼자인, 스물셋의 내가 거기에 톡 떨어져 있다.

살아 있어 줘서 고마워

툭 툭 툭 툭.

손마디에 내 심장박동을 느끼며 오래도록 제자리에 앉아 있었다. 나는 세상에 덩그러니 버려진 사람처럼 무시무시하게 외로웠다.

학창 시절, 감기가 심해서 조퇴를 하고 한낮에 돌아온 적이 있었다. 집엔 아무도 없었다. 모두가 일하고 공부할 시간에 나만 거꾸로 움직이는 것 같아서 기분이 이상했다. 하얀 커튼 사이로 나른한 햇살이 쏟아졌다. 거실 바닥은 빛가루를 뿌려놓은 듯 반질반질했고, 바람결을 따라서 커튼 그림자가 움직였다. 그림자가 닿는 끄트머리엔 낡은 패브릭 소파가 놓여 있었다. 나는 가방을 벗고 소파 위에 누웠다.

누운 채로 집 안을 둘러보았다. 텅 빈 집. 먼지가 솜털처럼 달라붙어 있는 텔레비전, 말없이 가지를 내뻗은 화분들, 물기가 바싹 마른 싱크대, 가지런히 정리된 식기들, 우두커니 서 있는 나무 식탁. 집은 조용했다. 가끔 위이잉 하고 냉장고 모터가 돌아갔고, 창밖에선 자동차 지나가는 소리가 들렸다. 그리고 더 귀를 기울였을 땐, 시계 초침이 틱틱거리며 돌아가고 있었다. 몽롱한 감기약 기운과 일정한 시계 소리에 취해 스르르 잠이 들었다. 깊은 낮잠이었다.

잠에서 깨어났을 때, 방 안은 어둑해져 있었다. 천천히 눈을 깜박였다. 머리는 어지러웠고 몸은 젖은 빨래처럼 무거웠다. 눈앞엔 짙은 고동색 천장이 낮게 떠 있었다. 그래서일까. 나는 어딘가 아주 깊은 바닥에 가라앉아 있는 것 같았다. 천장 위로 손을 뻗어 보았다. 어렴풋이 실루엣만 보이는 손등이 그림자처럼 움직였다.

힘겹게 자리에서 일어났다. 다시 집 안을 둘러보았다. 모든 사물이 색채를 잃고 희미한 형체로만 서 있었다. 아무 소리도 들리지 않았다. 적막했다. 아까의 아늑한 집은 사라지고 없었다. 이곳은 어딘지 모를 낯선 장소, 나는 버려진 것 같은 기분이 들었다. 사람이 한순간에 이토록 쓸쓸해질 수 있다니.

그때의 경험이 워낙 강렬했기 때문일까. 낮잠을 자고 일어나면 언제나 기분이 나빴다. 너무 외로워서 기분이 나빴다. 자고 일어난 직후, 바보처럼 몽롱한 정신과 주변의 낯선 풍경, 아무것도 없는 적막함, 지나가버린 시간과 사라져버린 색채의 쓸쓸함.

그런 느낌들은 내가 혼자라는 사실을 사무치게 확인시켜줬다. 사랑하는 사람을 만나고 결혼을 하고 나서도 혼자 남겨진 집에서 낮잠을 자고 나면 종종 그런 기분을 느꼈다.

"미안해. 오늘도 많이 늦을지 몰라." 도연은 주말에도 출근을 했다. 너무한다 싶을 정도로 한꺼번에 몰려든 작업을 해내느라 며칠째 쪽잠을 자며 일하고 있었다. 주말에도 함께하지 못하는 게 미안한지, 그는 자꾸만 뒤를 돌아보았고, 나는 괜찮다고 몇 번이나 손을 흔들었다.

도연을 보내고, 늦은 점심으로 라면을 끓여 먹었다. 청소기를 돌리고 밀린 빨래도 했다. 그리고는 침대에 엎드려 책을 읽었다. 이어폰을 끼고 노래를 들으며 한가하게 책 읽는 주말. 혼자라도 이런 시간은 나쁘지 않았다. 그렇게 책을 읽다가 잠이 들었다.

얼마나 잤을까. 잠에서 깨어났을 때, 방 안은 어둑해져 있었다. 이어폰에서 노래가 흘러나왔다. 하지만 그래도, 기분은 좋지 않았다. 아무것도 하지 않았는데 시간은 훌쩍 지나가버렸고, 도연은 돌아오지 않았고, 방 안은 어두웠고, 나는 혼자였다. 손을 더듬거리자 딱딱한 책 모서리가 만져졌다. 그 채로 가만히 눈을 감고 노래를 들었다. 그리고 얼마 뒤, 옆으로 돌아누웠을 때, 나는 곁에 누군가 잠들어 있다는 걸 알았다. 도연이었다.

도연은 이불도 덮지 않고 웅크린 채 잠들어 있었다. 어렴풋이 도연의 얼굴이 보였다. 나는 한쪽 이어폰을 뺐다. 그러자 새근새근 그의 숨소리가 들렸다.

어두운 방 안에는 열린 창틈으로 새어 들어오는 저녁 냄새가, 눅눅한 공기가, 도연의 숨소리가, 캣 파워*Cat Power*의 노래 〈The Greatest〉가 떠다니고 있었다. 색채와 표정을 잃은 도연의 잠든 얼굴을 바라보고 있노라니 마음이 이상했다. 그가 외로워 보였다.

사람이 한순간에 이토록 쓸쓸해질 수 있다니. 쓸쓸하고 외로운 건 나뿐만이 아니었구나. 곤히 잠든 도연은 아이 같기도 노인 같기도 했다. 손을 뻗어 그의 얼굴을 만져보았다. 손가락 마디마디, 그가 짊어진 삶의 무게와 앞으로 살아갈 불투명한 미래가 만져지는 것 같아 손끝이 저릿했다.

그럼에도 우린 꿋꿋이 살아가겠지. 몇 번이고 텅 비어 낯설고 어둑해질 이 세상에서, 내가 외로울 땐 당신이 곁에. 당신이 외로울 땐 내가 곁에. 그렇게 우린 함께 살아가겠지.

가만히 도연의 손목을 잡아보았다. 툭 툭 툭 툭. 손마디에 뛰는 그의 심장박동을 느끼며 오래도록 도연의 얼굴을 바라보았다. 살아 있어 줘서 고마워.

누구나, 누군가의 별

열여섯 여름, 성적표를 받아온 날 처음이자 마지막으로 가출해봤다. 그런 날에 가출이라면 으레 시험을 망쳤겠거니 생각하겠지만, 나는 그날 생애 최고의 성적을 받아왔다. 콧노래를 부르며 돌아와 자랑스럽게 성적표를 내밀었다. "엄마, 나 전교 20등 했어!"

정말 잘했어. 대단해! 엄마는 듬뿍듬뿍 칭찬해주었다. 나는 방으로 돌아와서도 성적표를 쳐다보며 헤실 거렸다. 그런데 그때 툭, 남동생이 말했다. "뭐야. 겨우 그거 가지고 난리야. 전교 10등 안에도 못 드는 주제에." 벙찐 얼굴로 남동생을 쳐다봤다. 피식. 내게 비웃음을 날리던 그 녀석은 얄밉게도 전교 1등이었다.

"전교 20등도 잘한 거야."

"그래 봤자 반에서 3, 4등이잖아."

"그래도 나 진짜 열심히 공부했어."

"난 열심히 안 해도 1등인데? 반 1등. 전교 1등."

정말이지 유치하기 짝이 없는 대화였으나, 중1 동생에게 성적 하나로 놀림이나 당해야 했던 사춘기 중3 누나는 울화가 치밀어올랐다. 그때 녀석이 결정적인 한마디를 날렸다. "돌. 머. 리." 결국, 내 단단한 돌머리는 빠지직 금이 가고야 말았다.

그 시절 동생은 전교 1, 2등을 다투는 수재였다. 그리고 나는 언제나 고만고만한 상위권에 머무르는 열공생이었다. 같은 방을 쓰던 우리는 공부 스타일에서도 확연히 차이가 났다. 나는 코피 쏟도록 책상에 붙어 밤샘 공부를 하는 열공생이었고, 동생은 책상에 발 올리고 팔랑팔랑 교과서를 넘기던 날라리 수재. 해만 떨어지면 쿨쿨 먼저 잠이 들었다.

나는 성실파, 동생은 요령파 혹은 천재파. 노력하고 또 노력해도 만년 3등을 벗어날 수 없었던 나는, 동생이 얼마나 부러웠는지 모른다. 아마도 우리의 우등과 열등은 태어날 때부터 정해졌는지도. 이게 다 아이큐 때문이었다.

학교에서 아이큐 테스트를 했을 때, 나는 130. 동생은 150이었다. 우리의 아이큐는 20이나 차이가 났다. 별거 아닌 것 같아도 그건 결정적인 순간마다 우리를 갈라놨다. 타고난 지능지수 격차 20. 도무지 쫓아갈 수 없는 나와 동생의 성적 차이 20등. 내가 동생을 질투한 거리 20cm. 우리는 딱 20만큼 벌어져 있었다.

어느 집안이든 형제끼리는 비교를 당하기 마련일 텐데, 우리 집도 마찬가지였다. 하지만 우린 조금 달랐다. 엄마는 나에게 말했다. “우리 딸은 성실해서 참 좋아. 어쩜 그렇게 열심히니. 너만큼 성실한 애도 없을 거다. 결과가 안 좋아도 낙담하지 마. 태도가 중요한 거야. 성실의 힘은 대단하단다.”

엄마는 동생에게 말했다. “그렇게 대충 공부하는 데도 어떻게 성적이 잘 나올까. 근데 너 요령 피우면 안 돼. 요령은 한순간이야. 뭐든 진득하게 하는 과정이 중요한 거야. 녀석아, 누나 좀 본받아.”

지금 생각해보면 동생 입장에서 엄마의 비교는 억울하다. 남들이 칭찬하고 부러워 마지않는 전교 1등. 그 자리를 지키고 있는 동생에겐 몹시도 억울한 비교였을 거다. 오히려 자기보다 공부 못하는 누나를 칭찬하는 엄마가 야속하고, 머리는 안 쓰고 그저 책상에만 앉아 있는 누나가 답답했을 거다. 걔도 내가 얼마나 얄미웠을까.

하지만 그때 우리는 철딱서니 중1, 유리멘탈 중3이었다. 게다가 용띠와 범띠, 극 O형과 극 B형. 그야말로 최악의 콤비였다. 돌. 머. 리. 그 한마디에 나의 유리멘탈은 와장창 부서졌고 나는 펑펑 울었다.

급기야 한밤중에 집을 뛰쳐나가 버렸다. 내가 찾아간 곳은 겨우 아파트 단지 아래에 우거진 수풀이었다. 소심하고 고분고분하며 잔머리에 능하지 못했기에 남들만치 호방한 가출은 꿈도 꾸지 못했던 나. 깜깜한 수풀 안에 쪼그리고 앉아서 하늘을 올려다보았다.

하늘에는 별이 총총 떠 있었다. 초여름 밤이었다. 바람은 선선하고, 풀냄새가 싱그럽고, 별이 반짝이고, 나는 또르르 울었다. '나쁜 새끼. 공부만 잘하면 다야?' 손등으로 눈물을 훔쳤다. 그리고 숫자 20을 떠올렸다.

내 생애 최고의 등수 20. 하지만 우리의 성적 차이 20. 우리의 아이큐 차이 20. 그래서 내가 동생을 질투하는 거리 20. 나는 아무리 해도 못 따라가겠는데 어떡하란 말이야. 서러운 눈물이 방울방울 흘러나왔다.

그때 어디선가 내 이름을 부르는 소리가 들렸다. "수리야, 수리야. 고수리." 가족들이 나와서 나를 찾고 있었다. 조금 덜 서러워졌다. 맘 같아선 냉큼 달려나가고 싶었다. 하지만 가출을 감행한 입장에서 이렇게나 빨리 집에 들어가는 건, 어쩐지 진지하지 못하고 부끄러운 일 같았다. 나는 더 깊숙이 몸을 숨겼다. 괜히 가슴이 도곤도곤하고 온몸이 따끔따끔했다.

잠시 후, 나를 찾는 소리는 사라졌다. 눈물도 뚝 그쳐버렸다. 그러자 걱정이 몰려왔다. 나 이제 집에 어떻게 들어가지? 얼마 동안이나 밖에 머물러야 가출다운 가출이라고 할 수 있을까. 싱거워 보이긴 싫었다. 나는 몹시 상처받았고 나름 진지하게 반항했다는 걸 가족들에게 보여줘야 했다.

그건 그렇고 왜 이렇게 가려운 거야. 슬픔은 안녕. 코앞의 현실적인 문제에 부닥친 나는 팔뚝과 종아리를 벅벅 긁었다. 아! 온몸이 따끔따끔한 데에는 이유가 있었다. 여름 수풀이 모기들의 은신처였다는 걸 왜 몰랐을까. 돌머리. 진짜 돌머리 맞네. 뺨과 눈두덩까지 모기에 물리고 나서야 나는 수풀에서 나왔다. 이제 집에 들어가야 했다. 그래, 이게 다 모기 때문이었다.

현관문은 활짝 열려 있었다. 불이 꺼진 안방에선 텔레비전 불빛이 새어 나오고 있었다. 나는 고양이 걸음으로 살금살금 우리 방에 들어갔다.

동생은 어울리지 않게 공부를 하고 있었다. 나는 오만상을 찌푸린 채 책상에 앉았다. 우리는 아무 말도 안 했다. 기말고사까지 모두 끝난 마당에 공부할 것도 없으면서 팔랑팔랑 책만 넘겼다. 그때 동생이 나를 불렀다.

"누나."

"왜?"

"아이스크림 먹을래?"

나는 부루퉁한 채로 고개를 끄덕이다가 동생을 쳐다봤다. 그만 웃음이 터져버렸다. 동생도 얼마나 울었는지 얼굴이 빵빵하게 부어 있었다. 푸하하. 우린 동시에 웃었다. 그리고 정말 이상하게 눈물도 터져 나왔다. 웃으면서 울다가. 아니, 울면서 웃다가. 아무튼, 우리는 이상한 얼굴로 같이 빵빠레를 먹었다.

그날 이후로 동생은 한 번도 나에게 성적 얘기를 하지 않았다. 녀석은 변함없이 전교 등수에서 놀았고, 나는 더더, 더 성적이 떨어졌다. 결국, 우리의 성적 차는 훨씬 더 벌어졌지만 우리 사이는 훨씬 더 가까워졌다. 우리의 아이큐 차는 여전히 20이었음에도 불구하고. 그랬다. 결코 이 모든 게 아이큐 때문만은 아니었다.

시간이 흘러 우리는 어른이 되었다. 동생은 좋은 회사에 들어갔다가 뒤늦게야 자신의 진짜 길을 찾겠다며 회사를 박차고 나왔다. 다시 공부하며 도전하고 있는 동생은 엄마가 말했던 성실의 의미를 이제야 알 것 같다고 말한다. "누나, 난 칼퇴 못 해도 좋고 돈도 적게 벌어도 좋아. 나만 할 수 있는 일, 성취감 있는 일을 하고 싶어. 나다운 삶을 살고 싶다."

빛나는 길을 박차고 나와, 기꺼이 빛나지 않는 길을 걸어가는 동생을 응원한다. 그래도 녀석이 꽤 힘들겠구나, 안타까운 게 솔직한 누나 마음. 그럴 때마다 나는 가출했던 그날의 밤하늘을 동생에게 보여주고 싶다.

까만 하늘에는 별이 총총 빛났다. 하지만 그렇게 총총 빛나는 별은 열 손가락으로 전부 다 셀 수 있을 만큼이나 적었다. 우주에는 무수히 많은 별이 있다는데 보이는 건 이것뿐이라니. 손등으로 눈물을 훔치며 나는 숫자 20을 떠올렸다.

'세상에, 별이 20개도 안 돼. 나 같은 건 보이지도 않을 거야.'

빛나는 몇 개의 별을 바라보며 퐁퐁 울었다. 나는 까만 하늘 속에 숨어버린 무수한 별 중에 하나. 빛나지 않았다. 나는 별이 아닌 걸까.

그날 밤을 기억한다. 숨어버린 별도, 선선한 바람도, 싱그러운 풀냄새도, 부지런한 모기도 내 눈에는 보이지 않았다. 그러나 나는 그곳에 있었고, 보이지 않는 누군가가 내 이름을 부르고 있었다. "수리야, 집에 가자."

그날 밤, 가족들이 내 이름을 부르며 숨어버린 나를 찾았다. 보이지도 않는 나를. 그때 깨달았다. 나는 우리 가족에게만큼은 반짝이는 별이라는 걸.

어둠 속에 보이지는 않아도 누군가에게만 반짝이는 별이 있다. 우리는 서로에게 그런 별이었다.

누구나, 누군가의 별이었다.

그럼에도 우린 꿋꿋이 살아가겠지.

몇 번이고 텅 비어 낯설고 어둑해질 이 세상에서,

내가 외로울 땐 당신이 곁에.

당신이 외로울 땐 내가 곁에.

그렇게 우린 함께 살아가겠지.

신기원의 카세트테이프

때는 바야흐로 2002년 9월, 똑 단발을 바싹 올려 묶은 여자애는 전라북도 익산에서 대단한 문화 충격을 경험하게 된다.

미륵사지 삼층석탑만 덩그러니 서 있을 거라고 생각했던 익산은, 완전히 도시였다. 건물도 높고 차도 많고 도로도 3차선까지 있었다. 학교에 들어서자 눈이 휘둥그레졌다. 남중, 여중, 남고, 여고가 커다란 캠퍼스 안에 함께 자리 잡고 있었다. 잘 정리된 화단에는 꽃이 만발했고, 학교와 학교 사이를 잇는 운동장에는 깔끔한 스탠드가 매끈하게 뻗어 있었다.

교무실에 들러 반을 배정받았다. 여자애는 자꾸만 헐렁한 치마 춤을 올렸다. 급히 맞춘 교복은 펑퍼짐하니 맵시가 나지 않았고, 발목까지 댕강 올려 신은 흰 양말은 촌스럽기 그지없었다. 가방끈을 부여잡고 종종걸음으로 선생님을 따라가는데, 꽂히는 시선들로 뒤통수가 따끔따끔했다.

1학년 6반. 교실 문을 열고 들어섰다. 웅성거리던 교실이 조용해졌다. 바들바들 떨면서 교단 위에 선 여자애는 기어들어 가는 목소리로 자기소개를 했다. "안녕, 나는 강원도에서 온 고수리라고 해." 그랬다. 그 촌스러운 까만 여자애는 바로 나였다.

자기소개를 했을 뿐인데, 반 애들이 박장대소를 했다. 왜 그러지? 나는 새빨개진 얼굴로 서둘러 자리를 찾아 앉았다. 반 애들이 뜻 모를 웃음을 지으며 나를 쳐다봤다. '도시 애들 무서워.' 어깨가 절로 움츠러들고 눈물이 찔끔 났다. 그러자 여기저기서 울지 마, 미안해, 말들이 튀어나왔다.

"아니야, 괜찮아." 나는 애써 웃으며 손을 내저었다. 그러자 또 박장대소가 터졌다. 당황스러웠다. 왜 웃는 거지? 도시 애들 이상해. 눈물을 꾹 참고 고개를 푹 숙였다.

담임선생님이 나가자 아이들이 몰려들었다. 두발 자유화였던 그곳 애들은 정말 예뻤다. 긴 생머리가 허리까지 내려와 찰랑거렸고, 얼굴도 하얗고, 키도 쑥쑥 커서 다들 귀티가 났다. 뭣보다도 사투리를 안 썼다. 게다가 호기심이 대단해서 전학생을 둘러싸고 이것저것 캐물었다. 도시 애들은 스스럼이 없구나. 굉장히 직설적이야. 그때 아이들 틈에서 키가 우뚝 크고, 센 언니처럼 보이는 여자애가 다가와 인사를 건넸다. "전학생, 너 이따가 나랑 같이 집에 가자."

부스스한 머리를 휘날리던 그 애는 카리스마가 넘쳤다. 영화 〈써니〉의 왕언니 '춘화' 같은 아우라가 뿜어져 나왔다. 우리가 동갑이라니. 얘, 혹시 이 반 짱이 아닐까. 왜 집에 같이 가자는 걸까. 그 애 이름은 신기원이었다. 이름도 되게 카리스마 있었다.

여기까지가 기원이와 재구성한 우리의 첫 만남이다. 사실 전학 첫날의 기억은 가물가물하다. 나중에서야 수다를 떨다가 그날 내가 울었고, 우리가 하굣길을 함께했다는 사실을 알게 되었다.

"너 전학 왔던 날, 애들이 귀엽다 그랬거든. 근데 네 입에서 강원도 사투리가 나오니까 다 놀란 거지. 말투에 빵 터졌어."

"내 사투리가 그렇게 심했나?"

"야, 너 말투 진짜 웃겼어. 우리 반 애들 장난 아니게 드셌던 거 알지? 엄청 크게 웃으니까 네가 울었어. 당황했었나 봐."

"내가 울었다고?"

"응. 그래서 애들이 미안해했어. 근데 네가 '아니야, 괜찮아.' 대답하는데 또 강원도 사투리인 거야. 그래서 또 웃은 거지."

"난 왜 하나도 기억 안 나지? 너랑 집에 같이 갔던 것만 기억나. 우리가 어떻게 친해졌지?"

"그건 나도 잘 모르겠다. 그냥 언제부턴가 맨날 같이 있더라고."

기원이는 첫인상과는 달리 짱은 아니었다. 조용하고 소심한 편이었던 나와는 다르게, 호방하고 끼가 넘치는 멋있는 친구였다.

사교성도 좋고 의협심도 강했다. 어딘가 언니 같은 멋짐과 리더 기질이 있어서 언제나 교실을 휘젓고 다녔다. 내가 구석에서 꼼지락대고 있으면 기원이가 내 손을 잡아끌고 나갔다. 언제나 명랑하게 먼저 다가와준 기원이 덕분에 나는 고교 시절을 참 재밌게 보냈다.

사실 나에게 열일곱은 결코 행복한 시기가 아니었다. 그때 내 인생엔 여러모로 불행들이 닥쳐왔다. 부서진 집안, 이혼한 부모님, 밑바닥을 만난 가난, 가족과 친구들과의 이별. 연쇄적인 불행에 떠밀려 엉뚱하게 전라도 익산에 떼굴떼굴 굴러 떨어진 나는, 두렵고 외로웠다. 외딴곳에 나 혼자라는 사실이 무서웠다. 어딘가 모르게 어둡고 조용해졌다. 아무도 모르게 아프게 앓던 열일곱이었다.

그때 자세한 사정은 묻지 않고 그냥 곁에 있어 주었던 친구가 기원이었다. 나는 어느새 기원이에게 마음을 터놓고 힘든 이야기들을 꺼냈다. 우리는 야자를 째고 가정실과 양호실을 전전하며 눈물 콧물 나는 비밀 이야기를 나누었다. 구태여 내 상처를 들춰내려고 하지도 않고, 내가 울면 그냥 같이 울어주던 기원이가 고마웠다. 새 학년이 되어 반이 갈라졌을 때도 쉬는 시간마다 나를 찾아와 괴롭히는 애 없냐, 무슨 힘든 일 없냐. 언니처럼 물어봐 주던 친구. 기원이에게는 '여린 내 친구를 지켜줘야겠다!' 그런 뜨거운 의리가 있었나 보다. 정말이지 강철 같은 의리녀였다.

시간은 흘러 2004년 4월 20일, 고3 야자 시간이었다. 옆반이었던 기원이가 오리걸음으로 찾아와 내 책상에 카세트테이프 하나를 말없이 놓고 갔다. 상자 겉면에는 수학여행 때 함께 찍은 사진과 함께 "Happy Birthday To You"라는 글자가 적혀 있었다. 나는 카세트테이프를 워크맨에 넣고 재생 버튼을 눌렀다.

"나나 나 나나 나나나나." 룰라의 〈3! 4!〉가 흘러나왔다. 워크맨을 듣던 당시에는, 좋아하는 노래들을 모아 카세트테이프에 녹음하는 게 유행이었다. 기숙사생활 하느라 노래를 찾아 들을 여건이 되지 않았던 나에게 좋은 노래들을 선물해줬나 보다 생각했다. 그런데 갑자기 귓가에 낯익은 목소리가 들렸다.

"안녕하세요. 저는 고수리의 친구 신기원입니다. 이 방송은 오직 한 사람만을 위한 방송입니다. 오늘 생일을 맞이한 내 친구 고수리. 너를 위해서 이 방송을 만들었어." 내 눈이 댕그래졌다. 이어서 다른 친구들의 축하 메시지가 흘러나왔다. "수리야, 생일 축하해." "꼬실장, 생일 축하한다." "생일 축하해, 수리수리마수리!" "수리 양은 정말 좋겠어요. 이렇게 많은 친구가 생일을 축하해주네요. 그럼 이어서 고수리 양의 신청곡, 비쥬의 〈누구보다 널 사랑해〉와 S.E.S의 〈달리기〉 들려드릴게요."

기원이는 노래와 멘트를 오가며 능청스럽게 말했다. 카세트테이프의 플레이 타임은 꽤 길었다. 오래전 일이라 자세히 기억나진 않지만 내가 좋아했던 노래 대여섯 곡, 친구들 메시지, 그리고 시 낭송과 엔딩 메시지까지. 오직 한 사람을 위한 라디오였다. 엔딩 곡은 권진원의 〈Happy Birthday To You〉였다.

누군가에게 이렇게 찐한 생일 축하를 받는 건 처음이었다. 우리 엄마도 까먹기 일쑤인 내 생일인데. 모두가 조용한 야자 시간에, 내 귀에만 기원이의 목소리가 울려 퍼졌다. 나는 울어버렸다.

알고 보니 신기원의 카세트테이프 비하인드 스토리는 더 눈물겨웠다.

"내가 그때 테이프 얼마나 힘들게 만들었는지 알아? 네가 좋아하는 노래 티 안 나게 물어보느라 혼났지. 그 노래들, 친구들 메시지 하나하나 다 모았지. 몰래 써둔 대본은 며칠째 품고 다녔지. 노래 녹음하려고 가족들 다 잘 때까지 책상 위에 하나는 녹음용, 하나는 플레이용, 카세트 두 개 올려놓고 기다렸어. 말도 마. 마이크 없어서 녹음기에 입술 갖다 대고 낯간지러운 멘트를 했다구. 버벅대면 또 하고 다시 또 하고. 대체 몇 시간이나 걸렸는지 몰라."

모두가 잠든 밤에 반짝, 스탠드 불빛 아래에서 간지러운 멘트를 속삭였을 신기원. 사랑스러워 죽을 것 같았다. 그렇게 열심히 만들어준 카세트테이프였는데, 가장 소중한 생일 선물이었는데. 그걸 잃어버리고 말았다. 아무리 뒤져봐도 찾을 수가 없었다. 행방불명된 신기원 디제이의 카세트테이프, 대체 어디로 간 걸까.

카세트테이프는 생각지도 못한 곳에서 발견되었다. 놀라운 반전이 있었다. 행방불명된 몇 년 동안, 신기원의 카세트테이프는 엄마가 끌고 다니던 구형 마티즈에서 플레이 되었던 것. 너무 많이 들어서 테이프가 다 늘어나는 바람에 더는 들을 수 없었노라고 엄마가 말했다. 그거라도 남겨두었다면 좋았을 텐데, 엄마가 차를 바꾸는 사이에 신기원의 카세트테이프는 마티즈를 타고 영원히 사라지고 말았다.

"엄마가 그걸 왜 들어?"

"왜긴, 좋은 노래가 많더라고. 기원이 목소리가 참 고와."

"멘트까지 다 들은 거야?"

"그럼. 기원이가 아주 교양이 있는 애야. 팝송도 참 좋아해."

엄마가 말하는 팝송이 여명의 〈Try To Remember〉였다는 게 떠올랐다. 이것으로 또 한 곡 추가. 그리하여 모두의 기억으로 재구성한 플레이리스트.

신기원 디제이의 카세트테이프 플레이리스트

룰라 <3! 4!>
S.E.S <달리기>
비쥬 <누구보다 널 사랑해>
조장혁 <Change>
안재욱 <Forever>
여명 <Try To Remember>
권진원 <Happy Birthday To You>

"기원아, 나중에 내가 작가가 되면 네 얘기도 써줄게."
"써줘! 제목은 신기원의 카세트테이프."

작가가 된 나. 이렇게 〈신기원의 카세트테이프〉를 쓰고 있다. 카세트테이프는 오랜 시간을 견디지 못하고 늘어나고 망가져 사라지고 말았다. 우리의 기억도 그랬다. 우리의 첫 만남과 우리가 나눈 대화와 우리가 들었던 노래와 우리가 만든 추억도 모두 기억 너머로 사라지고 있다. 하지만 아쉽진 않다. 서로가 성긴 기억을 더듬어 이야기를 다시 엮어가는 것처럼, 여전히 만들어갈 우리의 이야기는 넘쳐나니까.

그 시절, 신기원이 나를 구했다. 우리 할머니가 되어서도 사이좋게 지내자고 말하는 나는, 여전히 그 애가 좋고 사랑스럽고 웃긴다. 그리고 너무 고맙다. 호호 할머니가 되어서도 신기원과 같이 꽃밭에서 사진 찍으며 활짝 웃고 또 웃고 싶다.

꽃으로 둘러싸인 요새

싸구려 구두는 금세 뒷굽이 닳아버렸고, 튀어나온 못 머리가 콘크리트 바닥을 콩콩 찧었다. 걸을 때마다 쇳소리가 요란해 부끄러울 지경이 되어서야 나는 동네 구둣방을 찾았다.

머리가 벗겨진 구둣방 아저씨는 예순은 훌쩍 넘어 보였다. 하지만 청년 못지않은 굵은 팔뚝으로 씩씩하게 연장을 들었다.

"이거 봐요. 허술한 거 보여요? 요새 구두들은 만듦새가 종이 구두라니까."

"제가 하도 험하게 신는 건가 했어요."

"아니야. 이렇게 대충 구두를 만들면 쓰나. 걷다가 큰일 나면 어쩌려고."

아저씨는 일에 자부심이 넘쳤다. 구둣방 일로 자식들 대학도 보내고, 큰딸은 올해 결혼한다고 했다. 허허. 아가씨는 내 딸 같구먼. 나중에 비싸고 튼튼한 구두 사주는 놈이랑 결혼하드라고.

노련한 손놀림으로 뚝딱. 쓱싹. 아저씨는 허허 웃었다. 누군가의 아버지의 얼굴을 하고서는.

"아가씨, 꽃향기 안 나요?"

아저씨가 물었다. 그러고 보니 구둣방 안은 꽃향기가 가득했다. 아저씨가 창문을 가리켰다. 자세히 보니, 조그만 구둣방 창가를 화분들이 옹기종기 둘러싸고 있었다.

"저놈이야. 향기가 백 리를 간대서 백리향이에요."

꽃을 저놈이라 부르는 투박한 말투가 정다웠다. 아저씨는 뒷굽을 갈고 깨끗하게 광내는 애프터서비스도 해주셨다. 뒷굽 갈이 한 짝에 삼천 원. 나는 육천 원으로 말끔해진 새 구두를 신고 구둣방을 나섰다. 향기로운 기억이었다.

싸구려 구두만 사 신던 아가씨는 이젠 구두도 잘 신지 않으니 그곳에 들를 일이 없다. 그치만 종종 그 구둣방을 지날 때면, 사계절 꽃향기가 나는 것만 같았다.

오랜만에 구둣방을 지났다. 장사가 예전만치 않으신가 보다. 홀로 텔레비전을 보는 무뚝뚝한 아저씨 얼굴이 창틈으로 보였다. "금이빨 삽니다." 구둣방에 내걸린 조악한 글씨가 시큰했다. 아저씨의 구둣방. 백리향은 아닌, 이름 모를 꽃향기가 은은했다. 마치 꽃으로 둘러싸인 요새 같다.

"세상 풍파도 이 조그만 방에서 버텼지."

허허. 아저씨의 목소리가 들리는 것 같았다. 아마도 지금은 잠시 풍파를 견디는 시간. 어서 백리향이 활짝 피었으면 좋겠다고. 어둠이 내려앉는 거리에 아저씨의 요새가 소행성처럼 빛났다.

그렇게 어른이 된다

어른이란 말은 어렵다. 내가 다 자란 사람이라고. 이제 다 자라서 자기 일에 책임질 수 있는 어른이라고 자신 있게 말할 수 있는 사람이 어디 있을까?

살아도 살아도 세상은 모르는 것투성이, 툭 하면 상처받고 툭 하면 우는 내가 어른이라니. 그러나 다 자란 것 같은 내 친구들을 만날 때마다 실감한다. 정말로 우리가 어른이 되었구나. 그 느낌은 새삼 신기하고도 조금 뭉클하다.

운전하는 제이

"언니 차 뽑았다!" 친구 제이가 하얀 아반떼를 끌고 회사 앞에 왔다. 버스와 전철을 타고 함께 등하교하던 대학 친구. 그런 제이가 운전면허를 따더니, 속전속결로 중고차를 뽑았다. 이제 차로 출퇴근을 하고, 잦은 지방 출장에도 차를 몰고 다닌다고. 아무래도 상상이 되지 않았다. "나 그냥 전철 타고 갈래." "왜? 불안해?" "조, 조금?"

제이는 나를 억지로 떠밀어 옆자리에 앉혔다. 거의 반강제로 안전벨트를 채우고는 액셀을 밟았다. 부와앙. 그리하여 우리는 퇴근길 행렬에 과감히 뛰어들었다.

마포에서 인천까지. 코스가 만만치 않았다. 하지만 제이는 복잡한 길도 귀신같이 잘 찾아 들어갔다. 빽빽한 3차선 도로에서도 쏙쏙 잘만 끼어들었다. 커다란 버스와 덤프트럭이 지나가도 쫄지 않고 운전했다.

나는 안전벨트를 부여잡은 채, 운전하는 제이의 얼굴을 쳐다보았다. 지는 태양 빛에 제이의 얼굴이 늠름하게 빛났다. 눈부셔. 멋있어. 언니라고 부르고 싶어졌다. 우린 무사히 집까지 도착했다.

드라이버가 되면 말투조차 멋져지는 걸까. 제이는 호탕한 목소리로 말했다. "야, 커피 한잔 어때?" 카페 근처에 주차를 시도했다. 비좁은 골목길을 지나, 하얀 금이 그어진 네모 공간에 능숙하게 주차하는 내 친구. 핸들을 움직이며 요리조리 눈길을 살피며 운전하는 모습을 보면서 나는 친구가 어른이 되었다고 생각했다.

몇 년 전만 해도 우린, 출구만 31개인 부평 지하상가를 헤매며 두 장에 만 원짜리 싸구려 티셔츠 쇼핑을 즐기고, 쇼핑 후엔

롯데리아에서 오백 원짜리 소프트콘을 사 먹었는데. 이젠 퇴근길에 매끈한 자동차를 운전하고, 소프트콘보다 열 배는 비싼 커피를 즐기는 어른이 되었구나.

차에서 내려 뿍뿍, 마무리까지 멋지게 잠금 버튼을 누르는 제이. 나는 별것 아닌데도 마음이 뿌듯했다. 중고차면 어때. 이제 어디든 네 맘대로 달릴 수 있는데. 제이가 내 어깨에 팔을 척 둘렀다. 그런 친구의 허세가 귀여워서 웃음을 터트렸다.

엄마가 된 케이

"너한테도 알려줘야 할 것 같아서. 케이 기억하지?"

친구의 메시지를 받았다. 여고 동창 케이의 남편 부고였다. 결혼한 지 얼마 되지 않았는데, 남편이 갑작스러운 교통사고로 세상을 떠났다고.

여고 동창 케이. 꽤 친한 편이었는데, 졸업 후 연락 한 번 제대로 못 했다. 여드름이 두툴두툴한 앳된 뺨이 발그레하고, 웃으면 눈이 숨어버리던 해맑은 얼굴. 내 기억 속의 그 애는 아직도 교복을 입고 있었다. 나에게 손을 흔들며 인사하던 그 애. 소맷부리로 보이던 앙상한 팔목을 떠올리는 순간, 따끔한 기억이 떠올랐다.

학창 시절 케이는 아버지를 여의었다. 외동딸이던 그 애는 어린 나이에 엄마와 단둘이 남았다. 그래서 케이를 떠올리면 해맑은 웃음 뒤에 쓸쓸한 슬픔이 느껴지곤 했다. "어쩜, 이런 일이 다 있니. 하늘도 참 무심하다." 나는 메시지의 마지막 내용을 읽고 또 읽었다. 남편의 빈소를 지킬 친구의 배 속에는 아이가 있다고 했다.

소식을 듣고 고등학교 졸업 후 처음으로 케이에게 연락했다. 전화 대신 긴 메시지를 꾹꾹 눌러 썼다. 휴대폰 버튼을 누르는 게 전부인데도 나는 새빨개진 얼굴로 마땅히 할 말을 찾지 못해 더듬거렸다. 어떻게 위로의 말을 건네야 할지 몰랐다. 하지만 케이는 예상외로 담담했다. 오히려 연락해줘서 고맙다고 인사했다.

그 후로 한동안 나는 케이를 생각했다. 옛날처럼 복도를 지나치며 서로 손을 흔들 수 있다면 얼마나 좋을까. 흘러간 시간, 멀어진 거리, 달라진 우리 사이. 메시지로 말 한마디 전하기가 이렇게 어색한데, 그냥 툭. 손짓 하나로 인사 하나로 마음을 전할 수 있다면 얼마나 좋을까. 그저 멀리서 너를 생각하는 게 전부지만 너무 힘들지 않기를 바랄게.

얼마 후 케이는 아이를 낳았다. 그 애의 SNS에서 눈도 채 못 뜬 조그마한 아기 사진을 보았다. 아기는 이렇게 작고 예쁜 사람이구나. 아기 사진 아래로 케이와 친구들의 댓글이 번갈아 달렸다. 케이는 씩씩했다. "나 우리 아기 사진 하루에 100개씩 올릴 거야!" 친구는 엄마가 되었다.

그때 알았다. 엄마는 가혹한 삶을 이긴다. 삶을 살아내는 엄마는 강하다. 강한 엄마에겐 사랑하는 친구들과 아기가 있었다. 나는 아기의 얼굴을 마주 보았다. 너희 엄마가 얼마나 씩씩한 어른인지 아니? 방그레 미소 지었다.

가장이 된 엠제이

"지금 당장 여기로 와줘."

엠제이의 목소리가 떨렸다. 나는 곧장 녀석이 일하는 병원으로 달려갔다. 엠제이는 간호사였다. 야행성 방송작가나 삼교대 간호사나 시간 맞추기가 여간 어려워서 우리는 겨우 1년 만에야 다시 만났다. 녀석은 빨간 토끼 눈으로 나를 맞이했다.

몹시 여윈 친구의 손을 잡고 암 병동으로 향했다. 그곳에는 엠제이의 아버지가 누워 계셨다. 어떤 얼굴로 인사를 드려야 하나.

"어이쿠, 오랜만이구나. 그래, 강원도 오징어는 안직까지 깜깜무소식이냐?" 의외로 아버지는 환한 얼굴로 맞아주셨다. 침울할 줄 알았던 가족들도 모두 웃고 있었다.

"아빠, 얘 강원도 오징어 지가 다 구워 먹었나벼. 준다 준다 말만 하더니, 나도 안직 못 먹어봤어." "됐다 됐어! 다들 오징어 타령 그만하고 일단 사과부터 잡숴봐." 엠제이의 어머니가 방금 깎은 사과 한 쪽을 내밀었다. 우리는 다과를 먹으며 이야기를 나눴다. 농담을 건네며 하하 호호 웃었다. 그렇게 즐거운 시간을 보내고 병실을 나왔다. 문을 나오자마자, 엠제이는 스르르 벽에 기대섰다. 그리곤 조금 울었다.

"나 중환자실에서 일하는 거 알지? 어제 웃으며 인사해도 오늘 빈 침대 발견하는 일이 다반사야. 돌보던 환자랑 작별인사도 못 하고 헤어졌을 때도 그렇게 많이 안 울었어. 근데 처음으로 우리 아빠도 돌아가실 수 있다고 생각하니까, 눈물이 멈추질 않더라. 밥도 안 들어가고, 일도 못 하겠고… 정말 아무것도 못 하겠는 거야. 너도 몰랐지? 우리 부모님들 어느 날 갑자기 돌아가실 수도 있어. 나 있잖아. 병원에서 그렇게 많은 환자들을 봐왔지만, 우리 아빠가 암에 걸릴 줄은 꿈에도 몰랐어. 울 아빠 술 담배도 안 하고 어디 아픈 데도 없으셨는데… 참, 이럴 수도 있더라고. 정신없는 와중에 네가 제일 보고 싶더라. 넌 내 가장 친한 친구고, 너도 첫째니까 내 맘을 잘 알 것 같았어. 우리 가족들, 다 웃고 있어도 웃는 척하는 거지 누구 하나 맘 안 아픈 사람이 없어. 그냥… 이런 내 얘기 들어줄 사람이 옆에 있었으면 싶었어. 달려와줘서 고마워."

나는 가만히 엠제이의 머리를 쓰다듬어 주었다. 녀석은 눈물을 닦고 멋쩍게 웃었다.

"어떡해? 나 이제 소녀 가장 됐어."

"말은 제대로 하자, 소녀 가장이 아니라 어른 가장이지."

"그래, 어른 가장. 우린 잘 해낼 수 있을 거야."

"그럼. 잘 해낼 거야."

아픈 아빠와 병간호를 해야 하는 엄마를 대신해, 친구는 가장이 되었다. 돈을 벌고 힘을 내고 가족들을 보살펴야 했다. 우린 잘 해낼 수 있을 거라고. 친구의 그 말은 자신에게 하는 혼잣말 같기도 했다. 나는 친구의 손을 잡아주었다. 너와 나, 나란히 기댄 딱딱한 병원 벽이 따스하게 느껴졌다. 그렁그렁한 눈으로 웃고 있던 친구의 손을 맞잡았던 그때, 우리는 어른이 되었다고 생각했다.

살아도 살아도 세상은 모르는 것투성이, 툭 하면 상처받고 툭 하면 우는 우리가 어른이라니. 어쩌면 "너는 이제 어른"이라고 귀띔해주는 말들을 그냥 믿고 살아가는지도 모르겠다. 어른이니까 젊어져야 한다고. 어른이니까 희생해야 한다고. 어른이니까 살아가야 한다고. 그럼에도 불구하고, 그런 무거운 말들에 기꺼이 고개를 끄덕이고 묵묵히 나아갈 때, 우리는 그렇게 어른이 된다.

이 세상에
사랑이 존재하는 한,

밤의 피크닉

아버지가 술을 마시고 들어오는 밤이면, 우리는 떠날 준비를 했다. 엄마는 간식과 두꺼운 옷가지를 챙겼고, 우리 남매는 교복을 입고 가방을 둘러멨다. 그리고 집을 나섰다.

깜깜한 밤, 우리는 15층에서 엘리베이터도 타지 않고 아파트 외벽 계단을 살금살금 내려왔다. 그리곤 주차장 구석에 서 있는 빨간 티코를 탔다. 엄마와 동생은 앞자리에, 나는 뒷자리에 앉았다. 무당벌레 같은 티코는 조용하고도 날쌘 동작으로 아파트 단지를 떠났다. 밤의 피크닉. 나는 우리의 짧은 여행을 밤의 피크닉이라고 불렀다.

빨간 티코는 밤바다가 펼쳐진 해안도로를 달렸다. 하늘과 바다와 도로와 산이, 새까만 융단처럼 이어져 우리 앞에 펼쳐져 있었다. 바다 위 오징어 배가 별자리처럼 총총 빛났고, 우리는 외딴 육지에 떨어진 별똥별 같았다. 구불구불한 도로 위를 열심히 달리던 빨간 티코. 헤드라이트를 밝히며 온통 까만 세상에 긴 꼬리를 남겼다. 나름 낭만적인 풍경이었다.

이윽고 비포장도로가 울퉁불퉁한 산길이었다. 덜덜거리는 빨간 티코는 힘을 짜내어 위로, 더 위로 올라갔고, 가로등도 없는 가장 으슥하고 조용한 숲길에 멈춰 섰다.

피크닉 목적지는 날마다 달라졌다. 어디든 수풀에 가려져 보이지 않는 곳이 우리의 피크닉 장소였다. 그곳은 안전했다. 보이지 않는 구석에 차를 세웠다. 헤드라이트를 끄고 라디오와 히터, 시동마저도 껐다. 그리고 거기에 가만히 있었다. 아침이 밝아 올 때까지 숨어 있었다.

우리는 깜깜한 차 안에서 겹겹이 옷을 껴입었다. 그리고는 챙겨온 간식을 먹으며 도란도란 이야기를 나눴다. 오늘 학교에선 어떤 일이 있었는지, 해야 할 숙제는 다 했는지, 친구 누구는 어떤 애인지, 엄마는 장에서 무얼 샀는지, 그럼 내일 저녁밥 메뉴는 무엇인지. 아주 평범한 이야기들이었다. 그러다 꾸벅꾸벅 졸았다. 무언가 바스락거리는 소리가 나면 깜짝 놀라 깼다가, 다시 잠들었다가, 뒤척거리다가. 그 사이 아침이 왔다. 하룻밤의 피크닉이었다.

술주정하는 아버지를 피해서 우리는 자주 밤의 피크닉을 떠났다. 여름엔 날씨가 따뜻해서 괜찮았다. 하지만 겨울이 문제였다. 너무 추웠다. 숨어 있는 걸 들키지 않으려고 시동을 꺼둔 차

안은 냉장고 같았다. 말할 때마다 하얀 입김이 새어 나왔다. 그래도 집보단 나았다. 함께 안전하게 숨어 있을 수 있다는 것만으로도 다행이었다.

한겨울, 피크닉을 떠나온 우리는 산속에 숨어 있었다. 그날의 피크닉 장소는 밤바다가 내려다보이는 근사한 곳이었다. "오늘 엄청 춥네. 너희 안 추워?" 엄마가 손바닥에 입김을 불어넣으며 말했다. "별로 안 추워. 그런데 발가락이 시려." "누나, 난 너무 답답해."

동생과 나는 옷을 너무 많이 껴입은 나머지 우스꽝스러운 눈사람 같은 모습이었다. 잘 굽혀지지도 않는 팔을 구부려 과자를 집어 먹었다. 엄마는 핸들 위에 팔을 기댄 채 차창 밖을 보고 있었다. 방파제가 훤히 내려다보였다. 방파제 끝에 선 등대가 고개를 돌리며 밤바다를 비추었다.

"바다 참 예쁘다. 맨날 봐도 예뻐. 방파제 옆에, 저기. 옛날에 할머니가 물질하고 저기 뭍으로 올라오면, 이모들이랑 다라이에 전복, 해삼, 소라 같은 것들 잔뜩 담아선 머리에 이고 집에 가는 거야. 그거 알아? 할머니 완전 인어공주였어. 이 동네 해녀 중에 물질 제일 잘했어."

"엄마, 저기가 내 태몽에 나온 데 아니야?"

"그러네. 우리 딸은 어쩜 그런 것도 다 기억하니."

"누나 태몽이 뭔데?"

"엄마가 꿈을 꿨는데, 할머니가 물질하다가 바다 위로 올라왔어. 근데 밖으로 나올 생각도 없이 한참을 둥둥 떠 있기만 하는 거야. 뭐하나 싶어서 보니까 할머니가 망태기에서 힘들게 뭔가 커다란 걸 꺼내더니 '단대이 받아라.' 하고서 돌덩이 같은 걸 훽 던져줬어. 그걸 품 안에 받았어. 아주 묵직하더라. 자세히 보니까 양팔에 안길 정도로 엄청 큰 왕전복이야. 윤기가 좌르르 하고 오색 빛이 반짝반짝하니, 전복이 얼마나 예쁜지. 엄마는 딱 알았잖아. 요게 내 딸이구나."

"근데 누난 왜 이렇게 못생겼어?"

"네가 더 못생겼거든?"

티격태격하는 우리를 보고 엄마는 웃었다. "그래도 난 너희들 낳은 게 살면서 제일 잘한 일이야. 후회 안 해." 엄마 얼굴이 쓸쓸해질 때쯤, 우리는 괜히 더 장난을 쳤다. 엄마는 다시 활짝 웃었다.

"눈이다!" 동생이 소리쳤다. 하늘에서 깃털 같은 눈이 팔랑팔랑 떨어졌다. 함박눈이었다. 바다 마을 위로 하얗게 눈이 내리고 있었다. 저 멀리 등대 빛이 반짝였다. 등대 머리에도 방파제에도 바다에도 모래사장에도 지붕에도 나무에도 차창에도 눈이 내렸다.

차 문을 조금 열자, 찬바람에 눈송이들이 몰려 들어왔다. 손을 내밀어 눈을 만져보았다. 서늘한 감촉과 함께 닿는 순간 녹아 사라졌다. 하지만 그뿐. 그 아름다운 장면을 보고도 밖으로 나갈 수 없었다. 함박눈을 맞을 수도, 눈을 날름 먹어볼 수도 없었다. 밖으로 나갔다가 혹시나 아버지에게 들킬지도 몰랐고, 깜깜한 바닥을 잘못 디디면 산길로 떨어질 수도 있었다. 우리는 문을 닫았다.

눈은 쌓이기 시작했다. 차창에도 서서히 차올랐다. 쌓인 눈에 유리가 뿌예지고 풍경들이 흐려졌지만 가만히 두었다. 눈이 많이 쌓여서 우리가 아예 보이지 않았으면 좋겠다고 생각했다.

제법 많은 눈이 쌓이자 차 안이 훈훈해졌다. 공기가 데워지고 아무 소리도 들리지 않았다. 눈에서 반사된 작은 빛들은 희미하게 빛났다. 차 안은 더 이상 깜깜하지 않았다. 밝고 포근하고 조용한 눈. 우리는 이글루 같은 차 안에서 잠이 들었다. 눈 내려서 고마운 새벽이었다.

"일어나. 학교 가자." 엄마가 깨웠을 땐 이른 아침이었다. 아직 해가 뜨지 않아 어슴푸레했다. 눈을 치우자 차창 밖으로 마을이 보였다. 밤새 꽤 많은 눈이 내렸는지, 새하얀 마을은 크리스마스카드에 그려진 그림 같았다.

하품을 하며 해 뜨는 모습을 지켜보았다. 우리에게 해돋이는 새해에만 볼 수 있는 특별한 구경거리가 아니었다. 마음만 먹으면 매일 볼 수도 있었다. 당연한 말이지만 해는 매일 떠올랐으니까.

해가 얼굴을 드러냈다. 앵두 같은 해가 귤만 해지고 사과만큼 커졌다가, 수평선을 넘어서자 동그란 얼굴을 감추고는 황금빛을 빵 터뜨렸다. 바다 위에 빛 가루를 흩뿌렸다. 빛나는 바다며 눈 쌓인 마을이며 돌아보는 곳곳마다 너무나 눈부셔서 제대로 눈 뜰 수가 없었다.

이제 피크닉을 마칠 시간이었다. 엄마는 빨간 티코를 몰고 우리를 학교에 데려다주었다. 피크닉을 다녀온 날이면 나는 전교 1등으로 등교했다. 껴입었던 옷들을 벗고, 깨끗한 교복 차림에 가방을 멘 채 느릿느릿 교문으로 걸어갔다. 아침 공기가 상쾌했다. 아무도 없는 텅 빈 운동장과 학교를 둘러보면 이상하게 기분이 좋았다. 눈 위에 첫 번째 발자국을 남기며 교실로 걸어갔다.

빛 가루가 뿌려진 곳은 바다뿐이 아니었나 보다. 교실도 빛 가루를 머금고 반짝반짝 빛나고 있었다. 창문으로 쏟아지는 햇살에 먼지들이 두둥실 떠다녔다. 아무도 없는 빈 교실은 냄새가 선명했다. 나무 냄새, 책 냄새, 분필 냄새, 우유갑 냄새, 흙먼지 냄새. 내가 좋아하는 냄새였다.

화장실에서 고양이 세수를 하고, 교실로 돌아와 책상 위에 엎드렸다. 지우개 가루가 손등을 간질였다. 눈을 감자 책상 냄새가 짙어졌다. 조금 열어둔 창문으로 겨울바람이 들어왔다. 하나 둘, 등교하는 친구들 목소리가 들려왔다. 그제야 나는 깊은 잠에 빠졌다.

고향에 가면 우리가 살았던 아파트를 지나친다. 그럼 그곳에서의 기억들이 하나둘 떠오른다. 아버지 때문에 무섭고 아팠던 기억들, 아파트 외벽 계단과 비상구로 숨어들었던 순간들, 빨간 티코를 타고 황급히 떠났던 밤들.

15층 맨 꼭대기 방을 올려다본다. 여전히 어린 내가 살고 있을 것만 같다. 가끔 책상 위를 밟고 올라가, 창문 너머 까마득한 바닥을 내려다보던 나에게 묻고 싶었다. 그때 넌, 아무것도 행복하지 않았냐고.

살아온 날들을 돌아보았을 때, 나에게 가장 그리운 순간은 아이러니하게도 피크닉을 떠났던 밤들이었다. 가장 나빴던 그 시절, 불행을 피해 떠나야만 했던 우리는 아무도 모르게 숨어든 밤 속에서 춥고 불안하고 피곤했지만, 그래도 좋았다. 그때, 우리는 함께였고 세상은 거짓말처럼 아름다웠다. 나는 대답하고 싶었다.

그래도 우리, 나빴던 일만 있었던 건 아니잖아. 그때도 우린 행복했었어.

수능 도시락

여고 시절 기숙사 생활을 했다. 기숙사는 학교 건물 안에 있었는데, 밤이면 학교의 모든 문을 걸어 잠갔고 우리는 갇힌 채로 자습실에서 공부를 했다.

너무나 당연하게도 공부만 할 리는 없었다. 한창 배고플 나이다 보니 야식을 엄청나게 먹었다. 컵라면과 과자는 기본, 줄넘기 여러 개를 엮어 창밖으로 던져서 배달온 치킨을 매달아 끌어올리기도 했다. 배달원 오빠와 친해진 경우에는 종종 소주도 함께 담겨 있었다. 그럼 사감 몰래 옥상에 올라가 그것들을 까먹곤 했다. 내 친구가 그 오빠와 썸을 탔다는 사실은 나중에야 알았지만. 아무튼 우린, 우리들 나름의 로망을 즐겼다.

그러나 고3이 되고 달라졌다. 고3 교실은 피곤과 냉기가 흐르는 살얼음판이었다. 수능 D-100에 들어서면서부터 친구들은 부쩍 예민해졌다. 툭 하면 짜증 내고 툭 하면 울었다. 별것 아닌 일에도 정말로 툭 건들기만 하면 눈물이 주룩주룩. 오르락내리락하는 성적표를 받아들고서 하루에도 수십 번 감정의 롤러코스터를 탔던 고3 생활은 다시는 돌아가고 싶지 않을 정도로 힘들었다.

시간은 놀랍게도 빠르게 흘러 수능 D-1이 되었다. 대부분 기숙사생들은 예비소집을 마치고 집으로 돌아갔다. 하지만 나는 다시 학교로 돌아왔다. 기숙사생 중에서도 궁극의 기숙사생, 전라도에서 반나절은 달려야 갈 수 있는 강원도에서 온 유학생이었기 때문이었다. 가까이 이모네 집이 있었지만 수능 전날 낯선 곳에서 자는 건 오히려 좋지 않을 것 같아서 마다했다.

나와 비슷한 사정으로 남은 친구들이 세 명. 수능 전날 밤의 기숙사는 고요했다. 사이가 서먹한 다른 반 친구들과 자습실에서 공부를 했다. 조용히 책장 넘기는 소리만 들렸다. 평소처럼 목에 수건을 두른 기숙사생 친구들이 추리닝 바람으로 "수리야아!" 소리치면서 시끄럽게 달려온다면 차라리 나을 텐데.

괜찮을 줄 알았는데 서글퍼졌다. 수능 전날, 다른 애들은 따뜻한 집에서 엄마가 깎아준 과일을 먹고 있으려나. 나만 차가운 콘크리트 자습실에 혼자 툭 떨어져 있는 것 같았다. 보고 싶었다. 친구들도 엄마도. 그러나 엄마와는 짧은 통화가 전부였다. "엄마, 나 괜찮아. 자신 있어. 잘 보고 올게!" 씩씩하게 말했다.

이 싱숭생숭한 기분은 뭘까. 수능에 대한 부담감과 함께, 이 시험을 보려고 내가 12년을 그렇게 죽어라 공부한 건가 싶은 허무함이 밀려왔다. 별별 생각들이 꼬리에 꼬리를 물고 이어져 그날은 쉽게 잠들 수 없었다.

수능 D-day. 아침 일찍 일어나 학교 급식소에서 도시락을 받았다. 기숙사에 남은 기숙사생이 너무 적어서였는지 편의점에서 사 온 것 같은 도시락이었다. 일회용 플라스틱 통은 넓적하고 커서 손에 들기가 좀 부끄러웠다. 떡 상자 같은 도시락을 들고 수험장으로 향했다.

나는 실전 타입은 아닌가 보다. 1교시 언어영역을 치르는 동안 바들바들 떨었다. 시험을 치를 당시에는 머릿속이 새하얘져 몰랐는데, 옆에서 시험 봤던 친구가 나중에 얘기해줬다. 너 진짜 엄청 떨었다고. 보기 안쓰러울 정도였다고. 그렇게 벌벌 떨면서 수리영역까지 무슨 정신으로 봤는지 모르겠다.

점심시간. 친구들과 모여서 점심을 먹었다. 친구들은 하나둘 도시락을 꺼냈다. 작고 동그란 색색의 도시락들. 그동안 급식만 먹느라고 몰랐는데 도시락은 그렇게 생긴 거였다. 동그랗게.

색색의 도시락에는 달걀말이, 분홍 소시지, 멸치볶음, 장조림, 김치 같은 반찬들이 옹기종기 담겨 있었다. 보온도시락을 싸 온 친구도 있었다. 제일 아래 칸 된장국은 아직도 따뜻했다.

나는 친구들의 수능 도시락이 부러웠다. 아주 많이 부러웠다. 아침에 엄마들이 손수 싸주신 것들이었다. 우리 딸 시험 잘 보게 해주세요, 마음을 담아서. 체하지 않도록 가장 평범하고 익숙한 집 반찬들을 그대로 담아준 소박한 도시락이었다. 반찬 종류는 비슷했지만, 온기 없는 널빤지 같은 내 도시락을 보고 있자니 갑자기 밥맛이 사라졌다. 차라리 분식집에서 김밥을 사 올걸. 몇 젓가락 끼적대다가는 뚜껑을 덮었다.

외국어와 사회탐구 영역까지 치르고, 제2외국어는 찍고. 등짝이 뻐근할 때쯤 시험은 끝났다. 드디어 수능이 끝났다. 하나도 실감이 나질 않았다. 정말이지 홀가분한 만큼 허무했다. 친구들은 가방을 챙겨 들고 수험장을 빠져나갔다. 나는 가장 늦게까지 남아 있다가 수험장을 나서기 전에 도시락을 쓰레기통에 버렸다.

사람들이 커다란 구름처럼 교문 앞에 뭉게뭉게 피어 있었다. 엄마! 부르며 뛰어가는 친구들, 학교 앞에서 내내 기다렸던 부모님들이 친구들을 안아주었고, 여기저기서 눈물이 터졌다. 하지만 나는 교문을 통과할 자신이 없었다. 친구들과 인사를 나누며 걸어가는 와중에도 '나 이제 어디로 가지? 이모네 집으로 가야 하나?' 생각했다. 그런데 그때였다. "수리야." 교문 앞에 엄마가 서 있었다.

너무 놀라서 눈알이 튀어나올 뻔했다. 으엉으엉 울음이 터져버렸다. 그대로 달려가 와락 안겼다. 엄마, 못 와도 괜찮아. 걱정하지 마. 태연한 척 의연한 척했어도 나도 결국 엄마 품이 그리운 애였다. "수고했어. 장하다, 우리 딸." 엄마가 등을 쓸어주었다.

엄마 냄새가 났다. 엄마의 젖가슴이 뭉클, 내 마음도 뭉클. 그렇게 안겨서 부끄럽게도 많이 울었다. 엄마도 울고, 덩달아 곁에 있던 이모도 울고.

수능 당일, 올 수 있을지 확신이 없었던 엄마는, 수능을 하루 앞둔 나에게 어떤 얘기도 할 수 없었다. 내 컨디션에 영향을 줄까 봐 그랬다고. 하지만 기어이 하던 일들 제쳐두고 강원도에서 전라도까지 먼 길을 달려와 주었다.

엄마는 "이노무 기지배, 왜 이렇게 살이 쪘어?" 내 등짝을 맵게 때리면서 울었다. 역시 우리 엄마야. 내가 피둥피둥 살이 찐 게 그렇게나 슬펐다고. 이모가 말리지 않았다면 내 등짝은 남아나지 않았을 거다. 그래도 그날, 엄마는 살찐 딸을 데리고 삼겹살을 구워 먹으러 갔다. 아마도 우리 엄마의 사랑은 도시락이 아니라 삼겹살이었나 보다.

12년이란 시간을 쏟아부었고 세상의 전부 같았던, 수능 시험 결과는 잘 기억나지 않는다. 그냥 '망했다'라는 기억 정도. 그러나 그날의 수능 도시락은 두고두고 기억난다. 나는 이게 인생 같다. 훗날 수능을 망치고도 잘만 사는 사람들이 나를 포함하여 아주 많다는 거. 그러니까 우리 외로워도 실패해도 조금만 울고 같이 맛있는 거 먹으러 가자.

당연한 말이지만

해는 매일 떠올랐으니까.

산타클로스는 있다

크리스마스이브 아침이었다. 마음이 초조했다. 텔레비전을 보고 알았다. 이번 크리스마스에는 눈이 내리지 않을 거란 걸. 부모님의 대화를 엿듣고 짐작했다. 우리 집 사정이 그리 좋지 않다는 걸. 그리고 엄마의 어두운 얼굴을 보고선 눈치챘다. 오늘 밤에도 아버지는 술에 취해 들어올 거란 걸.

크리스마스가 싫었다. 하룻밤 자고 나면 12월이 훌쩍 지나가 있기를 바랐다. 내년이면 나는 열한 살이었고 앞자리 숫자 10을 넘겼으니 제법 큰 어린이였다. 하지만 내 동생은… 입을 헤 벌린 채 태평하게 만화영화를 보고 있는 동생을 쳐다보며 초조해졌다. 녀석은 아직도 산타클로스를 믿었다.

작년 크리스마스 아침, 동생의 머리맡에는 미니카 한 대가 놓여 있었다. "우와아아! 미니카!" 방바닥을 굴러다니며 온몸으로 기쁨을 표현한 녀석은, 대뜸 내년 크리스마스 선물까지 예약해두었다. 당연히 미니카였다.

하지만 올해 크리스마스는 동생의 여덟 살 인생 최악의 날이 될 것이다. 크리스마스 아침, 녀석의 머리맡에는 미니카는커녕, 미니카보다 못한 선물조차 없을 것이다. 올해 크리스마스부터는 산타클로스가 없으리란 걸 나는 알아버렸다. 산타클로스는 없다. 우리 집에는 이제 산타클로스가 없다.

산타클로스는 남들보다 조금 더 가난하고 조금 더 불우한 집에는 일찍이 발길을 끊었다. 그 집 애들은 울고불고 떼쟁이도 아니고, 착하고 예쁘기만 하더라만. 그래도 산타클로스는 더 잘 살고 더 행복한 집들만 찾아가 따뜻한 방 안에 오래오래 머무는 것이었다. 슬픈 일이었다.

나는 산타클로스가 없다는 사실을 너무 일찍 알아버렸다. 그러고도 모른 척 꾸욱 입을 다물고 주변 눈치 살피기가 몸에 밴 여자애. 나는 그런 애였다. 아버지 눈치를 살피며 가만히 책상 앞에 앉아서 공부를 했고, 엄마 눈치를 보며 다가가 숟가락을 놓거나 설거지를 도왔다. 갖고 싶은 인형이 있어도 문구사에서 물끄러미 쳐다만 보다 돌아왔고, 신발 한 켤레를 사더라도 금세 커버린 발가락이 아파서 물집이 잡힐 때까지도 암말 않고 신고 다녔다.

너무 일찍 어른들의 세계를 알아버린다는 것. 더럽고 무섭고 힘들고 슬픈 것들을 보고도 모른 척한다는 것. 산타클로스가 없다는 걸 알아버린 불행보다 어른들의 세계는 훨씬 더 불행했다.

아이고 야야, 내가 이제 살아봤자 얼마나 더 살겠노. 헛헛한 푸념을 늘어놓는 할머니가 어린애 옷을 뒤집어쓰고도 열 살인 척, 다 모르는 척 눈치 보며 살아가는 것처럼. 나는 너무 일찍 철이 든 늙은 애였다. 조숙하고 영악했다. 어딘가 잔망스런 구석도 있었다. 한편으론 내가 말썽부리지 않고 뭐든 잘하기만 하면, 우리 가족의 평화를 지킬 수 있다고 믿을 만큼 순진했다.

나는 내 동생을 지켜주고 싶었다. 여덟 살이면 그런 것들 아직 몰라도 된다고 생각했다. 말썽꾸러기로 개구쟁이로 동생이 조금 더 오래 남아주길 바랐다.

고민하던 나는 저금통을 품에 안고 집 앞 문구사로 달려갔다. 그린문구센터로.

아직도 생생하다. 집에서 나와 직진으로 뻗은 길을 곧장 내달리면, 오래된 철길 건널목 하나가 나타났다. 건널목을 지나고 횡단보도를 건너면, 그곳에 그린문구센터가 외딴 섬처럼 황황히 빛나고 있었다.

센터라는 이름이 머쓱할 정도로 겨우 다섯 평 남짓한 작은 문구사였지만, 내게는 황홀한 꿈의 장소였다. 학교 앞 오래된 문방구와는 달랐다. 온실처럼 사방이 투명한 유리벽으로 만들어진 세련된 문구사. 유리벽 너머로는 예쁘고 근사한 온갖 종류의 학용품과 장난감들이 오밀조밀 전시되어 있었다. 마치 유리로 만들어진 네모난 종합선물상자 같달까.

하루에 꼭 한 번씩은 그린문구센터를 찾아갔다. 아기자기한 문구들과 바비 인형을 오래도록 구경했지만, 끝내는 겨우 백 원짜리 지우개나 하나씩 사가는 게 전부였다. 백 원짜리 단골이래도 매일 찾아오는 내가 귀여웠는지 주인아줌마는 종종 달콤한 거 하나씩 손에 쥐여주곤 했다.

그린문구센터에 들어간 나는, 제일 저렴해 보이는 미니카 하나를 집어 들었다. 그리고는 아줌마에게 미니카와 저금통을 내밀었다. "이게 뭐니?" "저금통에 있는 돈으로 사려고요." 아줌마는 저금통 철 뚜껑을 뜯어내고 카운터 바닥에 돈을 쏟았다. 촤르르, 샛노란 동전들이 쏟아졌다. "십 원짜리가 많네."

동전을 세기 시작했다. 나도 아줌마의 손을 따라 함께 동전을 셌다. 양만 많았지, 눈짐작으로 세어보니 아무래도 불안했다. 동전을 모두 센 아줌마가 말했다. "애, 이걸로는 턱도 없구나." "제일 싼 미니카도 못 사요?" "응, 이걸론 안 돼. 미니카가 얼마나 비싼데. 엄마한테 돈을 더 달라고 하렴." 나는 실망하고 말았다.

"근데 꼭 미니카를 사야 돼?"

"선물 주려고요."

"누구한테?"

"제 동생이요."

"아, 그 꼬맹이."

아줌마는 개구쟁이 녀석 잘 알지, 하는 얼굴로 웃음을 터뜨렸다. "잘 봐. 동전이 전부 다 합쳐서 삼천 원이 안 돼. 그렇지만 오늘은 크리스마스이브니까. 몇백 원쯤 아줌마가 보태줄게. 미니카 말고 삼천 원짜리 선물을 골라 보려무나." "정말요? 감사합니다."

그나마 다행이었다. 고심하며 선물을 고르는데, 은색 철 필통이 눈에 띄었다. 매끄러운 은색 철 필통 표면에 작은 기차가 조르르 그려져 있었다. 사실은 전부터 내가 가지고 싶었던 필통이었다. 그 필통과 연필 한 자루, 캐릭터 지우개를 골랐다. 딱 삼천 원어치 선물이었다. "동생 생일이 크리스마스인가 봐?" "네…." 아니요. 내 동생 생일은 9월이었다. 얼떨결에 거짓말을 하고 얼굴이 새빨개졌다.

필통 안에 연필과 지우개를 넣었다. 아줌마는 빨간 별 포장지로 필통을 포장하고 금색 리본까지 달아주셨다. 너무 예뻐서, 이걸 동생에게 몰래 전해줄 생각에 헤실헤실 웃음이 났다. 누가 볼세라 코트 안에 필통을 숨기고 집으로 돌아가는 길, 걸을 때마다 품 안에서 달그락달그락 소리가 났다.

크리스마스이브 밤. 동생은 일찍 잠이 들었다. 아버지는 술을 마시고 왔고, 소란스러운 밤이 흘렀다. 그래도 동생은 쿨쿨 잘만 잤다. 나는 잠들지 못했다. 소란이 잦아들고 새벽이 되었을 때, 몰래 일어나 가방에서 선물을 꺼냈다. 그리고 조심스레 동생의 머리맡에 올려놓았다. 편지를 쓰면 내 글씨가 탄로 날까 봐 덩그러니 선물만 두었다.

훌러덩 배를 까고 자고 있는 동생에게 이불을 덮어주었다. 나도 목까지 이불을 끌어 덮고선 크리스마스트리의 별처럼 반짝이는 선물을 바라보았다. '메리 크리스마스.' 마음속으로 인사를 건네고 잠이 들었다. 짤막하게 이어진 꿈속에선 동생이 웃고 있었다.

다음 날 아침, 동생은 머리맡 선물을 발견했다. 우와아아! 소리를 지르며 포장지를 뜯는 동생. 지켜보는 내 심장도 터질 것 같았다. "어? 이게 뭐야." 은색 필통을 발견한 동생의 얼굴이 구겨졌다.

"좋겠다. 산타클로스가 선물 줬나 보네."

"미니카가 아니잖아!"

녀석은 씩씩거리더니 선물을 바닥에 내동댕이쳤다. 그리곤 울음을 터트렸다. 필통을 주워보니, 모서리가 우그러져 있었다. 나도 왈칵 눈물이 날 것 같았다. 시끄러운 소리에 달려온 엄마에게 동생은 울면서 말했다. "엄마, 산타클로스가 이상한 거 줬어."

엄마는 어리둥절한 얼굴로 포장지가 반쯤 뜯긴 필통을 바라보았다. 우는 동생과 나를 번갈아 쳐다봤다. 나는 거의 울 듯한 얼굴이었지만, 아무것도 모르겠다는 표정으로 시치미를 뚝 잡아뗐다. 끝까지 모른 체했다. 나는 몰랐다. 아무것도 몰랐다. 하지만 자꾸만 눈물이 퐁퐁 솟아나는 건 어쩔 수 없었다. 엄마가 가만히 내 머리를 쓰다듬어주었다. 잊지 못할 눈물의 크리스마스 아침이었다.

이 글을 쓰다가 동생에게 전화를 걸었다.
"너 산타클로스 없다는 거 언제 알았어?"
"초등학교 삼사 학년 때?"
"받았던 선물 중에 뭐가 제일 기억나?"
"미니카! 태백에 살 때였나? 첫 미니카였어."
"혹시 필통은? 생각 안 나?"

"필통? 그런 게 있었나? 아아. 생각난다. 철 필통이었지? 그거 진짜 싫었어."

그래, 네가 그렇게 싫어했던 그 선물, 사실 내가 줬던 거란다. 찬바람을 헤치고 달려가 저금통 다 깨고, 잠도 뒤척이다가 네 머리맡에 몰래 놓아두었단다. 그해에는 내가 산타클로스였어. "그건 왜?" "아니야." 나는 전부 말해주려다가 입을 다물었다.

산타클로스는 있다. 살다 보면 지켜주고 싶은 거짓말 하나쯤은 있다. 어떻게든 지켜주고 싶은 착한 거짓말. 눈물을 글썽거리면서도 시치미를 뚝 잡아떼고 간절히 지켜주고 싶은 마음으로, 우리는 누군가를 사랑했다.

그래서 우리 모두는 사랑받는 아이였다. 우리를 사랑한 누군가가 온 힘을 다해 우리를 지켜주었고, 그래서 우리는 더럽고 무섭고 힘들고 슬픈 것들을 모르고 자랐다.

시간이 흘러 더럽고 무섭고 힘들고 슬픈 어른들의 세계를 알게 된 후에는, 이제 우리가 다른 누군가를 지켜주려 한다. 온 힘을 다해 지키고 싶은 사랑하는 사람을 위해서, 우리 모두는 산타클로스가 된다.

산타클로스는 있다. 이 세상에 사랑이 존재하는 한, 우리에게 산타클로스는 있다.

할머니에게 보내는 편지

2010년 11월

할머니를 만나고 돌아가는 길이었습니다. 기차에서 바라본 창밖에는 포플러가 늘어서 있었어요. 높게 뻗은 나무는 황금빛이었습니다.

포플러들. 황금빛과 바싹 마른 나뭇잎의 질감은 저녁과 어울리죠. 직사각형 창문 너머로 길게 늘어선 포플러는 원근감도 없이 그냥 서 있었어요. 제가 화가였다면 이렇게 특징 없는 구도를 어떻게 표현할지 몹시 난감했을 거예요. 생김새도 키도 다 비슷비슷하더랍니다.

기차는 움직이고 있는데 창밖에 풍경은 변하지가 않아요. 내내 포플러들이에요. 저는 어디쯤 와 있는 걸까요. 어디로 가고 있는 걸까요. 창밖에 풍경이 꼭 시간의 흐름 같습니다. 멈춰 있다 느낄 때도 시간은 언제나 지나가고 있어요. 내가 꾸물거리는 동안에도 시간은 할머니를 데리고 멀리멀리 떠나갔습니다. 할머니는 온전치 못한 정신으로 지나가버린 시간들, 그 어딘가를 헤매고 있었습니다.

얼마 전, 할머니가 갑자기 쓰러졌다는 소식을 들었습니다. 그날 이후로 기억도 생기도 잃고 완전히 다른 사람이 되었다고. 그런 할머니를 만나고 왔습니다.

저는 첫눈에 할머니를 알아보지 못했어요. 다시 한번 이름을 묻고, 저기 계시잖아요,라는 간호사의 대답을 듣고, 처음에 아니라고 생각했던 사람이 할머니였다는 걸 알고, 후두둑 눈물을 쏟으며 다가갔습니다. 할머니는 어린아이처럼 작아져 있었습니다.

"할머니." 할머니를 불렀을 때 저를 올려다보던 눈빛에 마음이 내려앉았어요. 할머니 눈에는 아무것도 들어있지 않았습니다. 난생처음 보는 무심한 얼굴. 그 얼굴에는 감정도 장소도 가족도 자기 자신조차도… 아무것도 없었습니다. 슬픈 얼굴을 보이고 싶지 않아서 저는 환하게 웃었지만, 할머니는 웃지 않았습니다.

할머니는 깜박, 제가 누군지 기억이 날 때마다 두 손에 얼굴을 묻었다가, 고개를 들었다가, 다시 저를 빤히 올려다보다가, 눈을 깜박이다가 그랬습니다. 그리고는 제가 돌아갈 때까지 등을 돌린 채 아기처럼 누워 자기만 했어요. 저는 할머니의 조그마한 발을 조물조물 만지고 꽈배기랑 두유를 꿋꿋이 먹고 나서는 "저 갈게요. 또 올게요." 인사했습니다. 등을 돌린 할머니는 대답도 없이 다시 눈을 감은 것 같았습니다. 저는 문을 나섰습니다.

그 밤을 기억합니다. 할머니는 파란색 고무 쓰레빠를 신고 있었어요. 아무도 찾아오지 않던 부서진 우리 집을 할머니는 그 밤에 혼자 달려왔습니다. 아버지의 멱살을 잡고 욕을 퍼부으며 울던 당신은 뒤로 벌러덩 넘어졌습니다. 그리곤 그대로 주저앉아 슬프게 울었지요. 벗겨진 쓰레빠 한 짝이 할머니 곁에 떨어져 있었습니다. "이 가여운 거, 불쌍한 거, 아이고, 내 새끼들 불쌍해서 어쩌나." 어깨를 들썩이며 서럽게 울던 할머니. 우리랑 같이 서럽게 울어주던 할머니. 저는 지금까지도 그 기억이 제일 슬퍼요.

할머니, 나의 할머니. 사는 거 바쁘다고 이렇게 늦게 찾아왔어요. 제가 너무 늦게 왔어요. 후회해도 어쩔 수가 없습니다. 이제라도 안아드리려 해도 당신은 돌아눕습니다. 조그마한 발을 조물조물 만져주던, 제 조심스러운 슬픔과 후회와 사랑. 그거라도 알아줬으면 좋겠어요.

할머니를 만나고 돌아가는 기차 창밖에는 포플러가 늘어서 있었어요. 끝없이 서 있을 것만 같던, 눈이 시릴 정도로 슬프게 빛나던, 그 후회의 포플러보단 클로드 모네라는 화가가 그린 포플러

그림을 할머니에게 보여주고 싶어요.

파란 눈의 서양화가가 그린 〈바람에 흔들리는 포플러〉예요. 그림 속에 서 있는 포플러들은 우아하고도 아주 강렬해요. 저는 이 풍경을 보자마자 바다와 닮았다고 생각했습니다. 바람에 흔들리는 포플러들. 마치 희고 푸른 파도가 일렁이는 것 같죠. 해녀였던 할머니가 평생 헤엄치며 전복 해삼을 따던 그 바다 같았어요. 집으로 돌아오던 길목, 석양이 지던 그 바다는 참 아름다웠죠. 바닷속으로 사라지는 하루의 저녁은 언제나 그렇게, 할머니의 등 뒤로 아름답게 펼쳐졌어요.

할머니. 바닷속에서 튀어 올라 붙잡던, 그 테왁 같은 생명력을 꽈악 붙잡아요. 온종일 물질을 하고 무거운 망사리를 끌어올려 뭍으로 나오던 저녁처럼, 할머니의 생의 저녁은 무겁고 고단하지만 몹시도 아름답습니다.

많은 것들을 기억하지 못해도 괜찮아요. 우리가 대신 할머니를 기억할 테니까요. '엄마'라는 이름으로. 당신이 작아질수록 마주한 눈들은 더 자주 울겠지만 그게 꼭 슬퍼서만은 아니라는 걸 아실 테죠. 엄마라는 이름은 그래요. 언제나 우리를 울게 만드는 이상한 힘이 있죠. 할머니. 할머니는 얼마나 아름다운 생을 살았기에 사랑하는 모든 이를 울게 할까요.

2011년 8월

할머니는 간밤에 발작을 일으켰습니다. 하룻밤 새 많이 아프셨어요. 그제까지만 해도 병세가 나아져서 마음을 놓았는데, 병원에 갔더니 할머니의 조그만 발이 퉁퉁 부어 있지 뭐예요. 엄마와 저는 그 발을 주물렀습니다. 단단하게 굳은 발이 띵띵 땅땅. 꼭 흙 묻은 감자를 만지는, 그런 낯선 느낌이었어요.

할머니, 전에는 몰랐는데요. 누군가의 발을 만지다 보면 되게 찡해져요. 고단하게도 이 조그만 발로 멀고 넓은 세상 다 밟고 다녔는데. 그 수고 하나 덜어줄 수 있는 건, 그저 퉁퉁 부은 발을 만져주는 게 전부라니. 퍽이나 뭉클하더랍니다. 할머니의 발을 보았습니다. 하얗게 튼 발바닥에, 다 문드러진 발톱들에, 발등 군데군데 핀 검버섯에, 마음이 먹먹했어요.

할머니는 점점 아기가 되어가는 것 같아요. 계속 배고프다며 먹을 것 좀 달라고 보채셨죠. 할머니가 좋아하는 요구르트에 빨대를 끼워드리니 참말로 맛있다고 합니다. 한 입 꿀꺽 마시고 아껴뒀다가 또 한 입, 한 입. 고거 하나 마시는 데 참 오래도 걸렸어요. 다른 말을 걸어도 "저거 저거." 먹을 것들만 가리키며 어서 달라고 할머니는 아기처럼 칭얼거렸습니다.

"엄마, 아프지 마." 눈물콧물 훌쩍거리며 엄마도 점점 어린애가 되어가고, 어째 제가 제일 어른인 것만 같아 머쓱했어요. 발바닥을 꾹꾹 누르고는 "할머니, 아파요?" 묻자, 빨대를 입에 문 할머니는 아기처럼 눈만 깜박거렸습니다. 엄마는 피곤했던 모양인지 할머니 발밑에 웅크리고 누워 잠이 들었습니다. 저는 요구르트를 쪽쪽 빨아 마시는 '엄마의 엄마'의 발을 조물조물 만지며, 그 발밑에 어린애처럼 웅크려 누워 잠든 '엄마'의 얼굴을 바라보았습니다.

잠든 엄마의 옆얼굴을 보고 있자니 먹먹해졌습니다. 언젠간 엄마의 발도 '엄마의 엄마'의 발이 되고, 저는 또 '엄마'의 얼굴을 하고선 쌔근쌔근 잠들겠지요. 우린 그렇게 엄마가 되어가나 봅니다. 서로가 꼭 닮은 뭉클하고도 애틋한 모습으로.

병원에서 돌아오는 길에 엄마가 그랬어요. 딸이 있어야 한다고. 아플 때 가슴 만져주고 기저귀 갈아주고 발 주물러줄 딸이 꼭 있어야 한다고. 그건 아들도 며느리도 못하고, 오직 딸만이 할 수 있는 일이라고 말이죠. 정말로 그런 것 같습니다. 엄마가 아플 때, 못생긴 발이라도 만져주면서 코끝이 찡해지는 일. 눈물콧물 훌쩍거리며 우는 일도 딸의 몫인 것 같습니다.

할머니를 닮아가는 엄마의 뒷모습을 따라 걷다가, 손바닥에 밴 냄새를 맡아보았어요. 좋은 냄새가 났어요. 아기 분향이 나는 것도 같았습니다. 어쩐지 안심이 되어 자꾸만 할머니의 살냄새를 맡았습니다.

2013년 4월

새벽까지 야근을 하던 날이었어요. 모니터에 뜬 날짜를 보고 깨달았습니다. 오늘이 1년이구나. 바삐 돌아가던 온몸의 회로가 탁 멈추는 것 같았습니다. 하던 일을 잠시 멈추고 창문을 바라보았습니다. 비가 내리고 있었어요.

할머니가 돌아가신 그날도 창밖에는 비가 내렸어요. 노오란 봄날, 창밖에는 희뭄한 안개비가 소리 없이 내렸습니다. 길고 고통스러운 고비를 몇 번이나 견디고 떠난 당신의 죽음 앞에 가족들은 담담했습니다. 할머니가 더는 아프지 않기를 바랐거든요. 장례를 치르는 동안, 가족들과 할머니 영정 사진 앞에 모여 앉아서 밤새도록 할머니 이야기를 나눴어요. 빈소에서 다 같이 울다가 웃다가 먹다가 잠들었다가 내내 이야기를 나눴습니다. 할머니가 여전히 곁에 있는 것 같아서, 뭉클한 마음으로 시간을 보냈습니다.

어느 날인가. 휴대폰 사진 폴더를 뒤적이다가 옷 한 벌이 찍힌 사진을 발견했습니다. 발인을 마치고 할머니 집에 들렀을 때 찍어둔 사진이었어요. 오래 비워두어 싸늘했던 방 안에는 그 옷 한 벌이 걸려 있었어요.

그때 기억을 더듬으며 당신의 얼굴을 생각해내려 애를 썼지만 '아차, 할머니는 이제 세상에 없지.' 하는 맵싸한 느낌과 동시에 할머니 얼굴이 안개처럼 흐려졌습니다. 그 순간 할머니가 사무치게 보고 싶어졌어요. 처음으로 할머니가 없어서 슬프다고 느낀 순간이었지요.

바쁘게 살다 보니 벌써 1년이 지났습니다. 저는 가끔 당신을 그리워했고, 몇 번은 눈물을 글썽였습니다. 그리고 알게 되었어요. 세상에는 영영 만날 수 없는 이별도 있다는 것을.

할머니의 마지막 모습을 기억합니다. 당신의 얼굴을 마주하고 맨들맨들한 얼굴을 쓰다듬고 작고 딱딱한 발을 매만졌던 순간을 떠올려요. 당신은 아주 작고 귀여운, 아름다운 몸이었어요. 평온한 얼굴이었고 차갑지 않았습니다. 이 작은 몸으로 그렇게나 커다란 삶을 살아냈구나. 할머니에게 조용히 마지막 인사를 건넸습니다.

창밖의 비는 그칠 생각이 없네요. 할머니, 잘 지내나요? 보고 싶어요. 아주 많이 보고 싶어요.

다시 자판을 두드리려다가 손바닥을 코에 대고 냄새를 맡아보았습니다. 어쩐지 할머니의 살냄새가 날 것 같았거든요. 이런 밤, 할머니의 발을 조물조물 만져주던 그때가 참 그립습니다.

클로드 모네*Claude Monet*,
〈바람에 흔들리는 포플러*Wind Effect, Series of The Poplars*〉, 1891

태평한 미아가 되는 시간

이상적인 산책은 '태평한 미아'. … 라고나 할까.

쿠스미 마사유키·타니구치 지로, 《우연한 산보》

그저 발길이 닿는 대로 걸어 다니며 태평한 미아가 되어보는 일, 나도 그런 우연한 산책을 즐긴다. 가장 편한 운동화를 신고 밖으로 나가, 이어폰을 끼고 그날의 기분에 따라 노래를 듣거나, 아님 귀를 열어두고 그 시간의 모든 소리를 들으면서 나는 골목골목을 걸어 다니곤 했다.

내가 살던 인천 청천동과 서울 망원동은 우연한 산책을 즐기기에 더없이 좋은 동네였다. 오래된 골목과 금이 간 건물에는 그만큼 함께 나이가 든 동네 사람들의 주름이 배어 있었다. 평범하고 비슷하게 생긴 그 골목골목, 복잡한 미로 같지만 걷다 보면 다시 익숙한 골목으로 이어지는 신기한 동네. 그곳에서 우연히 만난 풍경들을 이곳에 옮겨본다. 하나같이 평범하지만, 그때 그 시간의 소중하고도 의미 있는 장면들을.

초여름 청천동의 저녁

일곱 시. 길어진 해가 천천히 저녁을 지나가고 있었다. 온몸에 후끈한 공기가 달라붙었다. 자동차 굴러가는 소리, 사람들의 대화 소리, 상점의 노랫소리, 연약한 매미 소리, 바람에 흔들리는 나뭇잎 소리. 한 톤 낮아진 온갖 소리들이 밑바닥에 깔려 웅성거렸다. 세상이 숨 쉬는 소리가 있다면 이런 걸까 싶을 정도로 거슬리는 소리 하나 없었다.

자전거가 늘어선 패스트푸드점 앞에 한 무리의 소녀들이 양말 자국이 선명한 맨발에 높은 힐을 신고서 명랑하게 웃고 있었다. 찻길 옆에서 게장과 젓갈을 팔던 여자는 더위에 지쳤는지 가판대에 머리를 파묻고 엎드려 있었다. 미동도 없는 그녀의 곁에서 낡은 선풍기가 탈탈탈 소리를 내며 돌아갔다. 사거리의 허름한 약국 앞에는 추레한 차림의 남자가 바닥에 털썩 앉아 담뱃불을 붙였다. 러닝 차림으로 연신 부채질을 하던 노인은 못 미더운 표정으로 그를 쳐다봤다. 맞은편에서 걸어오는 젊은 부부는 걸음걸이가 닮았다. 부부의 슬리퍼가 달칵달칵 소리를 내며 지나갔다. 부부가 스쳐 지나간 과일가게에는 다리를 절뚝이는 개가 산다. 개는 눈도 보이지 않아서, 주인이 아기처럼 껴안고 먹을 걸 입에 넣어주어야 한다. 주인의 손을 할짝이는 개는 오래 여기에 살았다. 여기의 과

일은 언제나 둥글어 보인다.

낡은 간판이 가득한 골목을 걸었다. 고개를 돌리며 마주친 사람들, 저마다의 저녁이 특별하게 느껴졌다. 어느새 저녁은 채도를 잃어가고 있었다. 어스름이 내리는 초여름 거리는 하루의 상영이 끝나가는 영화 같은 구석이 있다.

망원시장에서 만난 엄마들

망원시장에 갔다. 약재상 앞에 어린 여자애가 쪼그리고 앉아 굼벵이를 보고 있었다. 사과껍질이 뒹구는 톱밥 위에 굼벵이들이 꿈틀대고 있었다. 엄마가 아무리 손을 잡아끌어도 여자애는 그곳을 떠날 줄 몰랐다. 건너편 채소가게에는 머리가 희끗한 아줌마가 늙은 엄마 손을 잡고 애호박을 고르고 있었다. "엄마, 된장국 먹을래?" 늙은 엄마는 대답이 없었다. 투명한 눈빛으로 다른 어딘가를 바라보고 있는 것 같았다. 그때 할머니 둘이 나란히 유모차를 끌고 지나갔다. "우리 애도 이제는 눈이 안 보여." 각자의 유모차에는 늙은 개가 앉아 있었다.

나는 시장에서 양파와 단호박, 달걀 한 판을 샀다. 시장 아저씨는 달걀판 하나를 마저 덧대 노끈으로 엮은 후, 내 손에 핸드

백처럼 들려주셨다. 달걀을 이렇게도 주는구나. 난 아까 굼벵이를 쳐다보던 여자애처럼 감탄했다. 돌아오는 길목에는 펄펄 삶아져 말간 얼굴을 내민 돼지머리가 흐물흐물 웃고 있었다.

나는 전화를 걸었다. "엄마, 단호박찜 어떻게 하는 거야?" 수화기 너머로 엄마의 잔소리가 들린다. 직접 찾아봐도 되는 것을 굳이 때마다 물어보는 딸의 마음을 엄마는 알고 있을 것이다. 나는 이제야 겨우 엄마의 인생 반 토막 즈음을 좇아가고 있다.

엄마들을 보았다. 엄마. 가만히 발음해보자면 알 수 없는 기분이 든다. 엄마라는 존재가 얼마나 깊은지. 나는 아직도 가늠할 수 없다.

망원동 사람들

집 앞에는 콕콕콕 삼각형 꼭짓점 모양으로 고물상과 세탁소, 구멍가게가 서 있다. 털보 고물상 아저씨와 국가기능사 세탁 명인 아저씨, 그리고 구멍가게 주인아저씨는 매일 가게 앞 평상에 걸터앉아서 막걸리를 마시거나 장기를 둔다.

동네 파출소, 경찰들은 예쁘게 생긴 치즈태비 고양이 한 마리를 애지중지 키운다. 대낮엔 경찰차 보닛 위에 엎어져 잠을 자거나, 파출소 문 앞을 떡하니 지키고 앉아 있다. 밤에는 지붕에 올라가서 야옹야옹 울다가, 바닥에 내려와 엎어져서 존다. 경찰들은 그 녀석만 쳐다보면 싱글벙글, 사랑이 넘치는 파출소다.

라이더 할머니도 있다. 되게 멋지게 생긴 사륜차, 일명 '사발이'를 끌고 다닌다. 몸집의 두 배는 족히 넘는 박스와 짐을 가득 싣고 골목을 누비시는 할머니. 잔뜩 인상 쓴 얼굴로 거칠게 사발이를 운전하는 모습이 내추럴 본 라이더시다.

유모차를 끌고 가며 "은비야, 앉아야지. 말 잘 들어야지. 엄마한테 혼난다." 늙은 개 은비와 이야기를 나누는 백발 할머니도 자주 마주친다.

하굣길, 집 앞 굴다리 밑으로 삼삼오오 아이들이 모여든다. 차들이 오가는 길목이라 위험할 법도 한데, 굴다리 가장자리에 쪼그리고 앉아서 논다. 너희들 위험해. 말해도 안 듣는다. 그곳은 바람길이라서 한여름에도 시원한 바람이 분다. 시원하고, 목소리도 왕왕 울리고, 아슬아슬하고, 사람들의 이목도 집중되기에 아이들에겐 특별한 아지트인 건가.

시각장애인들도 자주 만난다. 동네 어딘가에는 시각장애인들이 모여서 음악을 하는 곳이 있는지 하나같이 어깨에 커다란 기타를 메거나, 손에 네모난 가방을 들고 간다. 불쑥 차가 튀어나오기도 하는 위험한 골목이라 그들을 주의 깊게 살피지만, 막대기를 바닥에 두드리며 익숙하게 길을 찾아간다.

간판도 없는 허름한 구제 옷가게, 딱 보기에도 '메이드 인 차이나'라고 주장하는 옷들이 잔뜩 쌓여 있다. 가게 주인인 대머리 아저씨는 매일 제네시스를 끌고 와 옷가게 앞에 주차해둔다. 그리곤 가게 문을 활짝 열고 제네시스를 흐뭇하게 쳐다본다. 분명 특별한 애칭이 있을 것 같은데, 그게 뭘까. 궁금하기만 하다.

죽집 주인은 가게가 끝나면 노란 전구불 하나만을 켜둔 채 색소폰을 연주한다. 그럼 죽집은 순식간에 분위기 있는 재즈바로 변신한다. 머리에 두건을 둘러쓰고 콧수염을 기른 아저씨, 색소폰을 연주하는 폼은 이미 아티스트다. 어둔 밤이면 거리를 지나가는 행인들이 모두 관객이리라.

작은 냉면집이 신장개업을 했다. 깨끗한 유니폼을 빼입은 주인은 일류 주방장 포스를 풍기며 자신의 가게를 바라보았다. 감개무량한 얼굴이었다. 가게 앞에 놓아둔 돼지머리도 온화하게 웃고 있었다. 주인아저씨는 빳빳한 만 원 한 장을 돌돌 말아서 돼지 콧구멍에 끼워 넣었다. 잠시 눈을 감고 무언갈 빌었다.

서울 망원동. 오래된 동네의 변두리와 삶의 언저리에서 하루를 살아가는 사람들. 하루가 멀다 하고 변해가는 서울에서, 이 풍경과 사람들이 오래도록 변하지 않기를 바랐다. 흐르는 시간에 기대어 평온하게 늙어갔으면.

우연한 산책기를 모두 정리했을 땐 오후 여섯 시. 저녁이 오고 있었다. 불현듯 산책을 결심한 나는, 롱스커트에 흰 스니커즈 차림으로 밖을 나섰다. 통이 좁은 스커트 때문에 보폭도 좁았다. 하지만 오히려 천천히, 오래 걸을 수 있어서 좋았다. 저녁이 내려앉는 길목. 나무-햇빛 그림자를 밟으면서 작은 풀과 여린 꽃과 쏟아지는 볕을 보았다. 때마침 바람이 불었고, 나는 충만했다.

태평한 미아가 되어보는 시간, 온전히 살아 있음을 느끼는 시간. 산책하는 바로 그 시간이 그랬다.

어쨌든 사랑

스무 살 겨울, 학교 도서관에서 케이를 처음 만났다. 그 애는 아무도 없는 책상에 앉아서 책을 읽고 있었다. 이어폰을 끼고 손가락을 까딱거리며 웃는 얼굴. 풍덩, 나는 첫눈에 반해버리고 말았다.

스물한 살 봄, 나는 교양수업에서 우연히 케이를 다시 만났다. 늘 강의실 앞쪽에 앉아서 수업을 듣던 나였지만, 그 수업만큼은 케이의 뒷자리에 앉았다. 아니면 아예 반대쪽 건너편, 케이의 얼굴이 잘 보이는 자리에 앉아서 그 애를 몰래 훔쳐보았다.

케이는 옷차림이 깔끔했다. 프린트 없는 단색 티셔츠와 청바지를 즐겨 입었다. 등을 곧게 펴고 앉은 뒷모습도 단정했다. 케이의 뒷머리를 쳐다보다가 그가 움직일 때마다 공연히 고갤 숙였다. 출석 부르는 소리를 가만히 듣고 있다가 손을 드는 케이를 보고 그 애의 이름을 알아냈다. 정작 내 이름을 부를 땐, 그 애를 보느라고 대답할 차례를 놓치고 말았지만.

케이는 대체로 음악을 듣거나 책을 읽었다. 큰 키에 마른 몸, 흰 피부에 유난히 까만 머리, 쌍꺼풀 없이 날카로운 눈, 굳게 다물었지만 살짝 올라간 입꼬리. 군더더기 없이 시크한 인상의 케이는, 날렵하고 도도한 검은 고양이 같았다. 언제나 홀로 조용했지만, 간혹 이어폰으로 새어 나오는 노래들은 시끄러웠다. 나는 그 애의 세계가 궁금했다.

케이의 이름을 알고부터 자주 그 애의 싸이월드 미니홈피를 찾아갔다. 케이는 일렉트로닉 뮤직 디제이였다. 배경음악과 음악보관함에 일렉트로닉 뮤직이 가득했고, 해외 뮤지션들의 뮤직비디오가 자주 업로드되었다. 거기엔 내가 좋아하는 록밴드 오케이 고*OK Go*도 있었고, 다프트 펑크*Daft Punk*도 있었고, 다이시 댄스*Daishi Dance* 같은 뮤지션들도 있었다. 미니홈피 배경음악인 다프트 펑크의 〈Something About Us〉를 들으며 "내 손에서 무지개가 흘러."라고 쓴 게시글을 읽었다. 도곤도곤 내 가슴 뛰는 소리가 노랫소리보다 크게 들렸다. "Cause there's something between us anyway"라는 배경음악의 가사처럼, 어쨌거나 우리 사이에 뭔가가 있기를 바랐다. 케이와 이야기를 나누고 싶었다.

어느 날, 수업을 마치고 케이를 따라갔다. 케이는 이어폰을 낀 채 성큼성큼 걸었고, 나는 거의 뛰다시피 그 애를 쫓아갔다. 강의실 건물을 나와 캠퍼스를 지날 때쯤, 그 애의 팔을 와락 붙잡고 무작정 초콜릿 하나를 내밀었다. "친해지고 싶어요!" 그러자 그 애가 환하게 웃었다. 우리는 연락처를 교환했고, 인사를 나누는 사이가 되었다.

처음 케이에게 말을 걸던 날, 나는 알랭 드 보통의《왜 나는 너를 사랑하는가》를 품에 안고 있었다. 케이는 그걸 기억했고, 자신이 제일 좋아하는 작가가 알랭 드 보통이라고 했다. 그가 쓴 책 중에서도《왜 나는 너를 사랑하는가》를 가장 좋아한다고. 그건 당연했다. 사실 나는 케이의 미니홈피에서 읽은 게시글로 그 애의 취향을 미리 알고 있었다. 표지와 제목이 선명히 보이도록 책을 품에 안고 명백히 계획적으로 다가간 거였으니까. 자연스럽게 알랭 드 보통 철학의 깊이에 대해, 일렉트로닉 뮤직의 근사함에 대해 화제를 꺼냈다. 케이가 신나서 이야기했다. 그 애의 이야기를 듣는 것만으로도 나는 마냥 좋았다.

그러나 찰나였다. 케이는 어느 순간 내 연락에 답하지 않았고, 나를 보고도 그냥 지나쳤다. 우리 사이는 그렇게 흐지부지 끝나버렸다. 그 애가 나를 투명인간 취급할 때마다 마음이 데인 것처럼 따가웠다. 그리고 부끄러웠다. 말 걸지 말걸. 괜한 용기만 냈다가 망해버렸네. 케이는 시크하게 멀어졌지만 나는 지질하게 한 학기 내내 케이를 피해 다녀야 했다. 우리 사이에 뭔가가 있기를 바랐던, 사랑보다 선망에 가까웠던 서툰 짝사랑. 나, 다시는, 첫눈에 반해버리는 멍청한 짓 따위는 하지 않겠다고 씩씩거렸다.

그러나 멍청이는 금방 까먹어버린다지. 스물여섯 살 봄 나는 또 한 사람에게 풍덩, 첫눈에 반하고 말았다. 그는 회의실에서 마주친 협력업체 디자인 실장님이었다. 청바지와 야상점퍼 차림의 실장님은 덥수룩한 머리에 뿔테 안경을 쓴 얼굴이 뭐랄까, 줄리앙 석고 데생을 아름답게 그릴 것 같은 미대 오빠 같았다. "안녕하세요." 인사를 건넸더니, 실장님도 "안녕하세요." 마주 인사하며 웃었다. 실장님 얼굴이 동그래지면서 눈이 가늘게 휘어졌다. 이를 히 드러내며 소년같이 웃는 그 얼굴을 보는데. 어라라. 동그래진 마음이 데굴데굴 굴러가다가 풍덩, 나는 실장님에게 첫눈에 반해버리고 말았다.

선배에게 연락처를 물어 곧바로 연락했다. 부끄러운 과거는 그새 까먹고 다시 첫눈에 반해 부릉부릉 달려갔다. 며칠 뒤, 우리는 홍대에서 다시 만나 막차가 끊길 때까지 이야기를 나눴다. 그다음 날부터 4년을 더 만났고, 결혼했다. 그 실장님은 지금 내 남편이다.

서로가 첫눈에 반해 결혼까지 한 운명적인 사랑이었다면, 얼마나 낭만적일까. 하지만 남편은 나에게 첫눈에 반하지 않았다. 한 번 보고, 두 번 보고, 세 번 보니 자꾸만 눈에 들어오던 괜찮은 친구였다고. "첫눈에 반하는 건, 어린 애들이나 하는 거야. 사랑은 아주아주 신중해야 해." 남편은 빙그레 웃으며 어른스럽게 말했다. 그 모습이 어찌나 얄미운지, 내 속만 부글부글거렸다. 어쨌든 첫눈에 반한 사람과 자꾸만 눈이 가던 사람이 만나 신혼집을 꾸리게 되었다.

그런데 가구들을 구경하다가 사실은 남편도 첫눈에 반해버리는 멍청이라는 걸 알게 되었다. 첫눈에 번지르르한 가구들에 반해서, 덜컥 사버리려는 남편의 팔을 낚아채며 나는 말했다. "이것도 괜찮은데, 몇 번 더 보고도 마음에 남는 걸로 하자. 이런 건 아주아주 신중해야 해." 그런 남편이 귀여워서 나는 고소하게 웃었다.

씩씩한 멍청이 같지만, 솔직해서 사랑스러웠던 여자, 영화 〈미술관 옆 동물원〉의 춘희가 말했다. "사랑이란 게 처음부터 풍덩 빠져버리는 것인 줄만 알았지. 이렇게 서서히 물들어가는 것인 줄은 몰랐어."

아무래도 나쁠 것 없다. 첫눈에 반하든, 자꾸만 봐야 맘에 들든. 처음부터 풍덩 빠져버리든, 서서히 물들어가든. 어쨌든 그건 사랑이니까.

밤바다에서 우리

바다를 정말 좋아하는 사람들은 밤바다의 매력을 안다. 엄마와 나도 그랬다. 우리는 평생을 바다 곁에서 살았지만 환한 낮보다 깜깜한 밤에 바다를 찾았다.

밤바다는 아름답다. 하늘과 바다의 경계가 사라진 깜깜한 바다에는 빛들이 반짝인다. 백사장에 밀려와 스며드는 하얀 파도, 크고 작은 바위에 부딪혀 사라지는 은빛 포말들, 점점이 별자리처럼 깜빡이는 고기잡이배들, 그리고 바다 한가운데에 빠진 달의 반영. 두툼한 융단 같은 물결 위에 하얀 달그림자가 일렁이고 소금 같은 달빛이 사방으로 부서진다. 달은 바다에서 가장 밝게 빛난다.

하늘과 바다. 언제나 그 가운데를 채우는 건 바람이다. 바람은, 파도와 공기와 소리와 냄새와 달빛을 흔든다. 그리하여 시간이 멈춘 곳, 도무지 정신을 차릴 수 없는 환상의 공간으로 바다를 흔들어 깨운다.

깨어난 바다는 처얼썩 처얼썩, 일정한 리듬을 만든다. 어둠 속에 사라졌다가 달빛에 드러났다가, 수줍은 여인의 치맛자락처럼 거대한 몸을 일렁, 또 일렁 움직인다. 4분의 3박자 느린 곡조의 왈츠. 바다의 춤은 우아하고도 서정적이다.

깊은 밤, 고요한 바닷가에 엄마와 나, 둘만 앉아서 바다를 내려다보곤 했다. 그곳에서 우리는 커피를 홀짝이며 도란도란 이야기를 나눴다. 하지만 내가 집을 떠난 후로 엄마는 혼자서 밤바다를 찾았다.

엄마는 오랫동안 혼자였다. 내가 몇 번의 연애를 하고 이별을 했을 때도, 내가 사랑하는 사람과 결혼을 할 때에도 엄마는 혼자였다. 웨딩드레스를 입은 나의 등을 바라보며 결혼식장에서도 엄마는 혼자 앉아 있었다. 밥을 먹을 때도, 장을 보러 갈 때도, 영화를 볼 때도, 잠을 잘 때도, 바다에 갈 때도 엄마는 혼자였다.

엄마가 홀로서기를 결심했을 때 엄마는 지금 내 나이보다 겨우 다섯 살이 많았다. 그러나 엄마는 힘들다는 내색 없이 묵묵히 가장으로 살아왔다.

엄마는 늘 기품 있는 모습이었다. 약하고 쉬운 사람으로 보이면 안 된다며 허리를 꼿꼿하게 세우고 자세를 고쳐 앉았다. 언제나 단정하게 차려입고 작은 새처럼 조용히 걸었다. 말투도 조곤조곤 상냥했다. 곽재구의 시 〈사평역에서〉를 벽에 옮겨 적어 걸어두고, 그 시를 바라보며 꼭 반 잔씩만 커피를 마셨다. 집 안 가득 많은 책을 쌓아두었지만 어느 구석에도 먼지 없이 깨끗했고, 읽은 책을 자랑하지 않았다. 작은 식탁 위엔 마른 들꽃을 꽂아두었다. 오래된 항아리엔 식물들을 심어 길렀다.

엄마는 길고양이들이 굶어 죽지 않도록 으슥한 고양이 길마다 먹이를 놓아두었다. 사는 게 힘들다는 친구가 있으면 집 앞까지 찾아가 돈 봉투를 쥐여주었다. 돌아와 국에 밥 말아 먹는 게 전부여도 엄마는 그래야 속이 편했다. 모두가 잠든 새벽이면 엄마는 혼자서 바다를 찾았다. 바다를 가만히 바라만 보다가 집으로 돌아왔다.

"엄마는 매화야. 매화는 춥게 살아도 그 향기를 팔지 않아. 그러니 딸, 가난하게 살아도 네 마음을 팔지는 마." 엄마는 그렇게 혼자서 살아왔다. 집 안 한편에 걸린 곽재구의 시처럼 아무 말도 없이 살아왔다. 싸륵싸륵 눈꽃이 쌓이고, 그리웠던 순간들을 호명하며 한 줌의 눈물을 불빛 속에 던지며 살아왔다.

어느 날, 우연히 엄마의 결혼사진을 발견했다. 클래식한 웨딩드레스를 입은 엄마는 한 떨기 꽃처럼 붉고 예뻤다. 발그레하니 수줍은 얼굴로 미소 짓고 있었다. 그 미소가 그저 행복하기만 하면 좋을 텐데, 엄마는 앞으로의 날들을 예감이라도 한 듯 조금은 슬퍼 보였다. 꽃이 시들 줄을 알고도 피는 것처럼 모든 걸 알고도 시작하는 것 같은 초연한 얼굴이었다. 젊은 엄마의 얼굴을 마주하고 있자니 마음이 좀 아팠다. 괜찮다. 괜찮다. 다 괜찮다. 엄마는 원래 그런 사람인 줄만 알았는데, 나도 누군갈 만나고 사랑하고 결혼하고 나니 이제야 엄마가 여자로 보인다. 몰랐다. 엄마가 얼마나 예뻤는지, 얼마나 하고픈 게 많았는지, 엄마도 나처럼 사랑하고 싶었는지.

우리가 힘들었던 날에 나는 윈즐로 호머가 그린 〈여름밤〉이라는 그림을 보며 미소 지었다. 화가는 우리처럼 밤바다의 아름다움을 알고 있었다. 찬란한 여름 밤바다, 그리고 달빛 아래에서 춤추는 두 여자. 화가는 100년도 더 전에 두 여자를 그렸지만, 나는 그림을 보자마자 확신했다. 달빛 아래에서 춤추는 두 여자는 틀림없이 엄마와 나였다.

바람이 잔잔하고 파도 소리가 평화롭고 달이 가장 밝은 어느 여름밤이다. 처얼썩 처얼썩. 바다는 노래한다. 어둠 속에 사라졌다가 달빛에 드러났다가, 수줍은 여인의 치맛자락처럼 거대한 몸을 일렁, 또 일렁 움직인다. 4분의 3박자 느린 곡조의 왈츠. 바다는 우아한 춤을 춘다.

그 곁에서 엄마와 나는 양손을 맞잡을 것이다. 사람들의 시선 따위 아랑곳하지 않고 오직 우리 둘만. 모든 빛이 부서져 찬란하게 빛나는 밤바다에서 우리는 행복한 춤을 출 것이다. 스텝 같은 건 몰라도 돼, 엄마. 그냥 껴안고 빙글빙글 돌기만 해도 좋아.

나는 그렇게 엄마와 춤을 추고 싶었다. 엄마를 껴안고, 엄마의 앙상한 등을 쓰다듬고, 엄마 냄새가 나는 목덜미에 얼굴을 파묻고, 느리게 쿵짝짝 쿵짝짝. 엄마와 춤을 추고 싶었다. 그리고 조용히 속삭이고 싶었다. 사랑해, 명숙 씨.

윈즐로 호머*Winslow Homer*, 〈여름밤*Summer Night*〉, 1890

코끝에 행복

도연과 공원을 산책했다. 억새가 흐드러지게 피어 있었다. 걷다 보니 솜털 같은 억새 씨앗이 온몸에 우수수 매달렸다. "우리, 눈 맞은 거 같다." "그러게. 날씨는 이렇게 따뜻한데 말야." 진눈깨비를 맞은 듯 희끗한 서로를 쳐다보며 우리는 웃었다.

가을이었다. 우리가 결혼한 해가 저물어가고 있었고, 손을 잡고 공원을 산책하는 지금이 아주 행복하다고 생각했다. 방향을 가늠할 수 없는 길을 더듬어 걷다 보니, 눈앞에 코스모스가 가득 피어 있었다.

"오빠, 이거 알아?" 자주색 코스모스 꽃잎 한 장을 따다가 침을 발라 코끝에 붙였다. 우표 같은 꽃잎이 얌전히 붙어 있었다. 나는 후 바람을 불었다. 꽃잎은 부르르 떨렸지만, 떨어질 듯 떨어지지 않았다.

"꽃잎 떨어뜨리기가 여간 어려운 게 아니야."

"지금 네 얼굴, 엄청 웃긴 거 알지?"

도연이 웃음을 터뜨렸다. 나도 고개를 끄덕이며 웃자, 꽃잎이 팔랑 떨어졌다.

"이렇게 코스모스 꽃잎 여덟 장을 먼저 떨어뜨리는 사람이 이기는 거야."

"이런 놀이도 있었어? 난 처음 봐."

"어떤 할아버지가 가르쳐줬어. 아주 옛날에."

다시 코끝에 붙인 코스모스 꽃잎을 후, 불었다. 자주색 우표가 붙어 있는 오래된 편지처럼, 나는 그날의 버스정류장으로 떠나가고 있었다.

꿈처럼 희미한 기억이었다. 예닐곱 살이었을까 나는 버스정류장에서 혼자 울고 있었다. 어린애가 어째서 인적 드문 버스정류장에 혼자 서 있었는지, 왜 그곳에서 울고 있었는지는 알 수 없다. 다만 그날의 풍경은 여러 번 꾸었던 꿈처럼 선명해서 겪었던 일이구나 실감할 뿐이다.

내 키보다 커다란 그림자가 기다랗게 기울던 어느 가을 저녁이었다. 선선한 가을바람이 불었고, 길바닥에는 가벼운 흙먼지가 일었다. 낡은 표지판만 달랑 서 있었던 버스정류장. 주위에는 내 키만 한 큰 코스모스들이 흐드러지게 피어 있었다. 꽃들은 바람에 기대어 느리게 흔들렸다. 멀리서 분홍빛 하늘이 내려앉고 있었다. 연분홍 코스모스의 색깔과 닮아서 그때의 가을 하늘을 기억할 수 있다.

나는 울고 있었다. 마치 나를 뺀 모든 게 완벽하게 아름다워서 너무 슬퍼 죽겠다는 듯이 서럽게 울고 있었다. 그때 한 할아버지가 말을 걸어왔다. "아가, 왜 울고 있니? 엄마는? 아빠는?"

너무 많이 울어서 아무 말도 할 수 없었다. 할아버지의 얼굴도 눈물에 어룽져 잘 보이지 않았다. 어렴풋이 기억하기로 동화 속 마법사처럼 머리카락이 새하얗고 주름이 많았다. 할아버지는 코스모스 한 송이를 꺾어 내게 쥐여주었다.

"재밌는 거 알려줄까?"

할아버지는 코스모스 꽃잎을 한 장 떼어다 날름 침을 바르더니 코끝에 붙였다.

"애기야, 너도 한번 해봐."

나도 할아버지를 따라서 꽃잎을 한 장 떼어다 침을 발랐다. 그리고 코끝에 붙였다.

"그리고 이렇게 후후 부는 거야. 꽃잎을 먼저 떨어뜨리는 사람이 이기는 거다."

할아버지는 코스모스 꽃잎을 후후 불었다. 꽃잎은 쉽게 떨어지지 않았다.

나도 후후 바람을 불었다. 코끝이 간지러웠다. 어느새 배시시 웃고 있었다. 우리는 코스모스의 꽃잎이 모두 떨어질 때까지 여덟 번이나 이 놀이를 했다. 그 후의 일은 기억나지 않지만 그저 이 장면만 마법처럼 신기하고도 행복한 기억으로 남아 있다. 훗날, 김창완 아저씨가 부르는 〈너의 의미〉를 들을 때마다 나는 이 장면을 떠올렸다. "슬픔은 간이역에 코스모스로 피고 스쳐 불어온 넌 향긋한 바람."

슬픔이 버스정류장에 코스모스로 피었던 때가 나에게도 있었다. 그때 코스모스 꽃잎 한 장으로 나를 행복하게 만들어줬던 이름 모를 할아버지, 호호 할아버지가 된 김창완 아저씨가 미래에서 타임머신을 타고 잠시 나에게 들른 건 아니었을까. 상상해본 적도 있다.

믿을 수 없을 정도로 따뜻했던 순간. 아마도 그건, 태어나 처음으로 타인에게 받아본 위로였다. 그런 시시한 놀이가 위로가 되어봤자 얼마나 되었겠냐고. 하지만 그날의 장면은 미래의 나에게도 위로의 순간으로 남았다. 마음이 아픈 날이면 〈너의 의미〉를 들으며 눈을 감는 나에게.

위로는 반드시 말이 아니라, 어떤 풍경으로 남아 있기도 하다. 나에게 위로는 가을바람에 흔들리는 코스모스이고, 할아버지의 주름진 웃음이고, 코스모스 색깔의 가을 하늘이고, 김창완 아저씨의 노래이다.

지금도 코스모스를 만나면, 꽃잎을 떼어다 코끝에 붙여본다. 그리고 꽃잎을 후후 불어본다. 코끝이 간지럽고 따뜻하다. 배시시 웃음이 번진다.

"오빠도 한번 해봐."
"됐어. 무슨 아저씨가 꽃을 달고 그래."
"재밌다니까. 자, 곱디고운 꽃분홍색으로다가."

분홍색 코스모스를 들고 다가가니 남편은 질색을 하고 달아난다. 남편이 달아난 걸음걸음, 코스모스가 낭창낭창 흔들리고 억새꽃이 포로포로 휘날렸다. 저 멀리 코스모스 빛 하늘이 내려앉고 있었다. 바람이 불었다. 뭉클하게 번져나가는 우리들의 지금 순간이 너무나 좋아서. 너무나 따뜻해서. 나는 울듯이 행복했다.

혼자 울던 어린애는 언제까지고 혼자일 거라 생각했는데. 아름다운 가을과 사랑하는 사람과 위로의 풍경이 이렇게나 가까이에 펼쳐질 줄은 몰랐다. 옛날에 이름 모를 할아버지가 알려주셨다. 행복은 코끝에 달려 있다고.

산타클로스는 있다.

이 세상에 사랑이 존재하는 한,

우리에게 산타클로스는 있다.

하이 데어, 잘 지내나요

강남 한복판에도 고시원이 있었다. 화려한 건물들 뒤편에 골목과 골목을 헤집고 들어가면 그냥 모르고 지나칠 법한 허름한 3층 건물이 나타났다. 강남은 집값이 워낙 비싸 원룸이나 오피스텔 하나 얻기가 힘든 동네였다. 그래서인지 보증금도 관리비도 없는 고시원에는 나 같은 회사원이 대부분이었다.

직장생활을 시작하면서 나는 회사 가까이에 있는 고시원을 찾아 들어갔다. 내 방은 35만 원짜리 창문 없는 작은 방이었다. 스무 살부터 고시원을 전전하며 살아본 나는 실망했다. 가격대비 그동안 살아본 고시원 중에서도 제일 좁고 허름했다. 강남이래도 별거 없구나. 나는 천장에 피어난 곰팡이 꽃을 보며 생각했다.

고시원에 사는 회사원들. 우린 밤이면 두 팔을 나란히 뻗은 둘레가 전부인 작은 방에 차곡차곡 몸을 뉘었다. 그리고 아침이면 정장에 하이힐을 차려입고선 재빨리 고시원을 빠져나와 회사로 걸어갔다. 한 손에는 스타벅스 모닝커피를 든 채로 또각또각, 나는 출근길 회사원 무리에 섞여들었다. 아이러니한 생활이었다. 열

두 시가 되면 마법이 풀리는 신데렐라 같았다. 멋진 빌딩에서 일하던 회사원이란 마법이 풀리고, 곰팡이 핀 방에 사는 재투성이 못난이. 그게 나였다.

매일 퇴근길, 몇 분만 걸어가면 내가 사는 고시원이었다. 창문도 없는 비좁고 답답한 방, 옆방 텔레비전 소리가 모두 새어 들어오는 얇디얇은 방, 퀴퀴한 습기가 곰팡이로 피어나는 더러운 방, 자고 일어나면 밤인지 낮인지 분간할 수 없는 이상한 방. 그 방에 들어가고 싶지 않았다. 그래서 할 일도 없으면서 마지막까지 사무실을 지키며 퇴근을 미루곤 했다. 나는 외로웠다.

너무 외로워서 '강남 친구 사귀는 법'을 검색해봤다. 검색 결과에서 '하이 데어'라는 스마트폰 애플리케이션을 발견했다. 하이 데어. Hi, there! 지금은 없어진 실시간 채팅 앱이었다.

'여어, 안녕!' 이나 '어이, 거기!'라는 의미쯤. 친구들끼리 친근하게 인사를 나누는 표현이었다. 나는 곧바로 하이 데어 앱을 다운받았고 신세계를 만났다. 가장 놀라웠던 건, '내 주변'이라는 메뉴였다. 스마트폰 위치 인식 기능으로 현재 내 주변에 접속한 하이 데어 유저들을 실시간으로 볼 수 있었다. 스마트폰 지도 위에 접속한 유저들의 사진과 프로필이 퐁퐁 떠올랐다. 청춘남녀들이 회사에 콕콕 박혀 있는 강남 일대에는 넘칠 만큼 많은 하이 데어 친구들이 있었다. 일을 마치고 앱을 켜면 휴대폰은 지잉지잉 쉴 새 없이 울었다. 밀린 메시지들과 여전히 밀려들고 있는 메시지들이 진동 알림과 함께 도착했다.

그곳에서 만난 우리는 희한한 사이였다. 스마트폰 속에 가상 친구였지만, 밖으로 나가면 당장 만날 수도 있는 현실의 친구이기도 했다. 가상과 현실 사이를 넘나들며, 드러날 듯 말 듯 아슬아슬하게 내 존재를 숨기며. 마치 높은 강남 건물들 사이에서 숨바꼭질하듯 우린 대화를 나눴다.

좁은 침대에 누워 하얀 스마트폰 불빛을 들여다보는 그때만큼은 외롭지 않았다. 하이 데어! 우리 전부 외롭잖아. 우리 가상의 친구로 만나 현실의 친구가 되는 건 어때? 친구들은 내게 속삭였다.

애플리케이션 속 가상의 나는 강남에서 일하는 예쁘고 야무진 광고회사 피디였다. 하지만 현실은 곰팡이 핀 고시원 방에 누워 있는 촌스럽고 외로운 여자애였다. 미화된 사진과 근사한 프로필을 내걸고 얘기를 나누다 보니 나도 모르게 거짓말과 허영심으로 나를 부풀리기 시작했다. 어느덧 가상과 현실 사이 괴리감이 너무 커져서 감히 진짜 얼굴을 드러내기가 두려워졌다. 화려한 강남의 뒷골목에 숨어 있는 허름한 고시원과 나는 너무도 닮아 있었다.

그러던 어느 날, 갑작스럽게 한 사람을 만났다. 압구정동에서 일하는 사진작가였다. 알고 지낸 지는 꽤 오래된 하이 데어 친구였다. 대화를 나누다 보니 우린 좋아하는 영화나 그림, 노래 취향이 비슷했다. 정말이지 신기할 정도로 대화가 잘 통했다. 게다가 그는 진중한 편이었다. 함부로 만나자고 하거나 가벼운 말을 던지지도 않았다. 나는 그런 그가 마음에 들었다.

새벽까지 야근하던 어느 날, 그도 그때까지 사진 작업 중이었다는 메시지가 왔고, 불쑥 만나자는 말을 꺼냈다. 내가 무심코 "네."라고 대답해버린 그 밤, 우린 압구정동의 한 포장마차에서 만났다. 편안한 듯 세련된 옷차림의 그는 사진으로만 봐오던 얼굴보다 조금 더 부드러운 인상이었다. 그가 인사를 건넸다.

"실제로 만나니까 신기하네요."
"그러네요. 반가워요."
"이렇게 만나본 친구는 처음이에요."
"저도요. 사실 좀 긴장했어요."

우린 많은 대화를 나눴다. 압구정동 유명 스튜디오에서 사진작가로 일하는 그는, 해외 로케이션 촬영이 잦고 연예인 화보를 자주 찍으러 다닌다고 했다. 틈틈이 골프나 승마 같은 취미도 즐기고, 기타를 연주하거나 재즈도 즐겨 듣는다고 했다. 고급스러운 취미와 예술적인 기질을 가진 그가 굉장히 멋져 보였다.

그는 직접 찍은 사진들도 보여주었다. 잡지에서나 보았던 근사한 휴양지와 유명 연예인들 사진, 개중에 그들과 함께 웃고 있는 그의 사진도 있었다. '정말 대단한 사람이구나.' 처음에는 호감이었지만, 점점 동경하는 마음으로 그의 이야기를 들었다.

"지금 일하는 데서 포트폴리오를 쌓다가 강남에 개인 스튜디오 차리는 게 꿈이에요. 이미 괜찮은 몇 군데는 봐뒀는데, 나중에 오픈하면 초대할게요. 와줄 거죠?"

하고 싶은 일과 꿈이 너무도 확고한 사람. 이렇게 빛나는 사람을 만나본 적이 있었던가. 누군가의 꿈 이야기를 듣는 게 얼마나 오랜만일까. 이런 사이라면 현실에서 몇 번이고 만나보고 싶었다. 그는 다시 작업을 하러 스튜디오로 돌아가야 한다고 했다. 데려다주겠다는 그를 한사코 만류하고, 나는 혼자 고시원으로 돌아왔다.

우린 며칠 뒤에 다시 만나기로 했다. 그가 말하기를, 근처에 괜찮은 레스토랑이 있는데 아마트리치아나 파스타가 정말 맛있다고 했다. 나는 아마트리치아나 파스타가 뭔지도 몰랐지만 일단 고개를 끄덕였다. 그리고 우리는 예상보다도 빨리, 예상치도 못한 장소에서 마주쳤다.

우리가 재회한 곳은 출근길 고시원 계단이었다. 그는 밤샘 작업을 마치고 1층에서 3층 방향으로 계단을 올라오고 있었고, 나는 2층에서 1층으로 계단을 내려가고 있었다. 좁은 계단에서 마주친 우리는 서로 길을 비켜주려 했다. 오른쪽, 왼쪽, 오른쪽, 왼쪽. 자꾸만 같은 방향으로 움직인 우리는 고갤 들었고 눈이 마주쳤다. 아… 당황한 나머지 인사도 못 하고 도망치듯 헤어졌다.

뭐라 할까. 서로의 민낯을 마주친 듯한 무안함, 문을 여닫다가 허름한 내 방을 보인 듯한 부끄러움, 그래도 얇은 벽 너머 들리는 소리에 느끼던 묘한 안도감, 도망치듯 고시원을 빠져나온 출근길에 밀려오던 열등감. 곧장 강남 거리에서 앱을 켜고 가상의 친구들을 찾았던 간절함, 그리고 외로움. 끝도 없는 외로움. 복잡미묘한 감정들이 한꺼번에 몰려왔다.

동경했던 당신도 나처럼 지질한 걸 알았을 때, 너무도 근사해 보였던 너도 나처럼 그렇고 그런 존재였다는 걸 알았을 때. 당신을 마주친 그 순간 느꼈던 감정을 어떻게 설명해야 할까. 나는 하이 데어 애플리케이션을 삭제했다. 그리고 눈에 띄지 않도록 조심히 회사원 무리에 뒤섞여 걸었다.

내가 살았던 강남은 비싼 외제차와 근사한 사람들이 바삐 오가는 화려한 동네가 아니었다. 뒷골목에 허름한 고시원을 숨겨 둔 비밀스러운 동네도 아니었다. 성냥갑 같은 건물 층층이 숨어 사는 외로운 청춘남녀가 지잉지잉 메시지를 전송하는, 그저 외롭고, 외롭고, 또 외로운 동네였다. 만약 우리에게 엄청난 청각이 있었다면, 그때, 강남을 채운 높고 화려한 건물들은 지잉지잉 울고 있었을 것이다.

하이 데어! 반가워, 뭐해, 너 정말 예쁘다, 너도 혼자니,

외로워, 우리 만날래, 그럼 우린 외롭지 않을 텐데….

버려진 고양이는 어디로 갔을까

자정이 넘은 여름밤, 우리 부부는 밤 산책을 나섰다. 대로변에서 술 취한 아저씨가 고양이와 놀고 있었다. "요놈, 예쁘게 생겼네. 어라? 너 인마 길고양이 아니구먼. 누가 너 여기 갖다 버렸어? 응?" 우리도 다가가 고양이를 보았다. 아직 어린 태가 남아 있는 얼굴에 치즈 얼룩이 박힌 예쁜 녀석이었다. 털도 깨끗했고 울거나 버둥거리지도 않고 순했다.

"재 되게 어린 거 같아."
"기껏해야 6개월쯤 돼 보이는데."
"정말 누가 버린 건가?"

산책 중이었던 우리는 발길을 돌렸다. 그리고 얼마쯤 걸었을까. 나는 자꾸만 고양이가 맘에 걸려 남편을 보채 다시 그곳에 가 보았다. 대로변 얕은 수풀 속에 아까 그 고양이가 웅크리고 있었다. 아직도 있네. 얘, 정말 누가 버렸나 봐. 어떡하니. 나는 쪼그리고 앉아 손을 뻗었다.

살짝 쓰다듬으니 고양이가 새초롬한 눈으로 쳐다봤다. 그리고 일어나 내 주위를 부비적거리며 돌다가, 내 발등에 뒷머리를 대고 애교를 부렸다. 털도 깨끗하고 낯도 가리지 않는 걸 보니, 사람 손에 자란 고양이가 분명했다.

주변에는 누군가 잘라주고 간, 소시지 토막들이 있었다. 하지만 녀석은 하나도 먹질 않았다. 바로 앞에 소시지를 놓아줘도 관심이 없었다. 배가 부른가? 이상하네. 남편이 소시지를 조그맣게 잘라서 입가에 가져다주자 그제야 녀석은 허겁지겁 소시지를 먹었다. 남편이 말했다.

"얘, 눈이 안 보이는 거 같아."

"왜?"

"고양이들은 원래 손을 저으면 고개가 따라오잖아. 아예 피해버리거나. 근데 얘는 아무 반응이 없어. 먹을 것도 안 보여서 못 집어 먹는 거 같아."

설마. 나는 고양이 눈앞에 손을 흔들어 보았다. 정말 피하지도 않고 가만히 있었다. 그러고 보니 아까 나방 한 마리가 눈앞에서 치근덕댈 때도 녀석은 가만히 있었다. 남편이 휴대폰 플래

시를 눈에 비춰보았다. 녀석은 더딘 반응으로 아주 살짝만 고개를 피했다. 빛 정도는 조금 감지하지만, 눈은 거의 보이지 않는 것 같았다.

상상해봤다. 기르던 어린 고양이가 어느 날부턴가 이상해졌다. 주인을 따라오지도 않고, 밥을 잘 먹지도 않고, 한 자리에만 머물러 있고. 이상하게 여긴 주인은 동물병원에 갔다가 고양이가 시력을 거의 잃었다는 이야기를 듣는다. 장애가 있는 고양이라니. 더는 녀석을 책임지고 싶지 않다. 인적 드문 야심한 밤, 주인은 왕복 6차선 도로에 차를 몰고 왔다. 그리고 대로변 옆 수풀에 고양이를 버리고 갔다. 아무것도 모르는 녀석은 그 자리에 얌전히 머물러 있다. 눈이 보이지 않으니 자신이 버려진 것도, 주인이 가버린 것도 알지 못한다. 모두 나의 상상일 뿐이지만 더 나쁜 생각들만 자꾸 떠올랐다.

나를 올려다 보는 고양이. 나를 보고는 있지만 정말로 나를 보는 건 아니다. 저 녀석 눈에는 세상이 어떻게 보일까.

아, 이 아이를 데리고 가야 하나. 우리 부부는 길에 쪼그려 앉아 한참을 망설였다. 하지만 고양이를 키울 만한 상황이 아니었다. 자유로운 상황이었다면 녀석을 데리고 갔겠지만 임신을 계획 중인 우리는, 함부로 어떤 생명을 책임지기엔 어려운 상황이었다.

그 자리에서 동물보호소나 유기묘 센터 같은 걸 찾아도 봤지만 충격적인 이야기만 접했다. 기관에 신고해서 보호소에 간 유기묘들은 채 열흘도 지나지 않아 병에 걸려 죽거나 안락사를 당한다고. 고양이를 키우는 사람들은 단호히 일러줬다. "보호소에 가는 건 고양이에게 더 큰 불행입니다." "안타깝지만, 책임지지 못할 거라면 그냥 모른 척 지나가 주세요."

데려가서 잠시 녀석을 챙겨주고, 커뮤니티를 통해서 입양을 보낼까도 생각해봤다. 하지만 눈도 보이지 않는 유기묘를 입양할 사람이 있을까. 그럼 내가 녀석을 책임져야 할 텐데, 솔직히 평생 책임질 자신이 없었다. 겁이 났다. 어떡한담. 우리는 한참 고민했다.

그 사이, 배가 불러 기분이 좋아진 건지 고양이는 동그랗게 몸을 말고 졸았다. 혹시라도 녀석이 차도 쪽으로 걸어갈까 봐, 수풀로 자리를 막아주었다. 남아 있는 먹이는 잘게 쪼개서 앞에 놓아주고, 우리는 결국, 잠든 녀석을 두고 집으로 돌아왔다.

집에 돌아와서도 자꾸만 고양이가 눈에 밟혔다. 잠들기 전까지 유기묘를 맡길 만한 곳을 찾아보았지만 마땅한 곳이 없었다. 그 녀석 생각만 하다가 까무룩 잠이 들었다.

꿈을 꿨다. 6차선 대로변에 아슬아슬하게 서 있는 고양이. 차들이 씽씽 오갔고, 녀석은 미요미요 울었다. 꿈에서 깨어나자 미안함과 죄책감이 몰려왔다. 마음이 몹시도 무거웠다. 생명이라는 게 이렇게 나약하고 위태로운 거구나. 녀석을 쓰다듬었던 손바닥에 찌르르르 전기가 흐르는 것 같았다.

다음 날, 고양이를 만났던 장소로 다시 갔다. 거리를 오가는 사람들이 많았다. 이 많은 사람 중에 한 명이라도 널 만나지 않았을까. 마음이 급했다. 종종걸음으로 도착한 그곳에 고양이는 없었다. 몸을 말고 들어가 있던 수풀은 둥그런 모양 그대로였다. 사람들이 놓아준 먹이들은 흩어져 비둘기들이 쪼아 먹고 있었다.

혹시 사고를 당한 건 아닐까. 나는 블록 위를 오가며 차도와 대로변을 살폈다. 아무것도 없었다. 마침 환경미화원이 청소 중이었다.

"아저씨, 혹시 오늘 고양이가 차에 치였다거나, 아님 고양이 사체를 발견했다거나. 그런 일 없었죠?"

"뭐요? 그런 일 없었어요."

별안간 들은 '사체'라는 단어에 그가 인상을 찌푸렸다. 하지만 퉁명스러운 대답에 오히려 마음이 놓였다. 부디, 누군가 데리고 갔기를.

한숨을 내쉬었다. 자리에서 발을 뗄 수가 없었다. 미안함과 안타까움, 죄책감과 안도감 같은 감정들이 털 뭉치처럼 잔뜩 꼬여 마음속에 데굴데굴 굴러다녔다. 비둘기들이 쪼아대는 고양이의 빈자리를 쳐다보며 나는 간절히 바랐다. 아무래도 괜찮으니 살아만 있어 주렴.

우린 같이 늙어갈 거야

엄마는 토요일마다 나를 데리고 목욕탕에 갔다. 토요일의 행복이란 이불 둘둘 말고 늘어지게 자는 늦잠이거늘, 엄마는 아침 댓바람부터 이불을 활짝 걷어내고 기어이 내 손을 잡아끌고선 집을 나섰다.

다 커서 고향에 내려와서도 그랬다. "딸, 집에 왔으니까 목욕부터 해야지."라며 나를 깨우는 엄마. "졸려 죽겠는데, 엄마는…." 역시나 나는 투덜투덜, 부루퉁한 채로 엄마를 따라나섰다.

천지연 목욕탕. 아직 어슴푸레한 하늘 아래, 낡았지만 깨끗한 회색 건물 위로 풀풀 김이 솟고 있었다. 아침 일찍 일어난 건물의 얼굴이었다. 오랜 단골이다 보니 카운터 아줌마는 알아서 수건 두 장과 초록색 때수건 한 장을 내밀었다. 엄마와 나란히 서랍에 옷을 벗어 넣고, 달그락거리는 목욕바구니를 들고, 여전히 투덜거리며, 나는 목욕탕 문을 열었다. 눅눅한 습기가 후다닥 뺨에 와 닿았다.

오래된 목욕탕의 풍경. 촤아아, 그리고 왕왕 울리는 소리들. 넘치거나 떨어지거나 흩뿌려지는 물소리와 깔깔 웃는 아줌마들의 수다 소리. 모락모락 김이 피어오르는 뜨거운 탕의 기운. 느린 비처럼 또옥 또옥 떨어지는 천장의 물방울들. 타일 벽마다 스며든 물때 냄새. 찰바당찰바당 발바닥에 닿는 물의 감촉. 희뿌연 창문으로 들어온 불투명한 햇살과 그 사이를 부유하는 수증기들. 아직 덜 깬 잠에 온통 뿌옇고 몽롱한 목욕탕 풍경은 꿈처럼 따스했다.

우리는 간단히 씻은 후에 탕에 들어갔다. 목욕탕 열쇠 끈을 머리끈 삼아 머리를 돌돌 틀어 올리고, 엄마 옆에 나란히 앉았다. 발가락부터 저릿한 온기가 퍼지고 뜨거운 물이 찰랑 밖으로 넘쳐흘렀다. 금세 발그레하니 달아올라 예뻐진 얼굴로 엄마와 이야기를 나눴다. 목욕 가기 싫다고 투덜대던 나도, 단박에 그 시간이 좋아졌다.

흔들리는 물 아래로 우리의 다리가 아른거렸다. 그걸 빤히 쳐다보던 엄마가 말했다. "딸, 엄마 다리에 검버섯 피었어." "어디?" "여기." 엄마의 손끝을 따라가니, 발목 위쪽에 아주 옅은 점처럼 얼룩이 있었다. 자세히 봐야만 겨우 보일락 말락 한 흐릿한 얼룩이었다. "에이, 잘 보이지도 않고만." "아니야. 다른 곳도 얼룩덜룩해. 이제 더 짙게 필 거야." 엄마의 목소리가 쓸쓸했다.

"자작나무 같아."

알 수 없는 말을 중얼거리고 가만히 얼룩을 바라보는 엄마. 검버섯을 처음 발견했을 때도 엄마는 이렇게 목욕탕에 앉아 있었다고 했다.

투명한 물이 찰랑였다. 그리고 물 아래 아른거리는 하얀 발에 검버섯이 피어 있었다. 가만히 보고 있으려니, 일렁일렁, 서서히 검은 점이 번져나가는 것 같았다. 발가락부터 복사뼈, 정강이, 무릎까지 서서히. 엄마는 늙은 자신의 다리를 상상했다. 그러자 그 모습이 꼭 자작나무 같더라고. 하얀 껍질에 까만 점들이 점점이 박혀 있는 자작나무 같더라고 그랬다.

"그때 할머니가 생각났어. 의사가 그랬거든. 할머니, 모든 장기가 천천히 굳어가고 있었다고. 그 말을 듣고 나서, 할머니 몸에 하나둘 피어나는 검버섯을 보니까 기분이 이상했어. 이건 그냥 얼룩이 아니구나. 울 엄마가 속이 다 굳어가니까 밖으로 피어나는 까만 멍이구나…. 할머니 비쩍 마른 몸을 만져주는데, 축 처진 살이며 쪼글쪼글한 주름이며, 손바닥에 느껴지는 게 꼭 자작나무를 만지는 것 같더라. 하얀 몸에 까만 멍이 찍힌 자작나무. 울 엄마는 이렇게 자작나무가 되어 죽어가는구나. 그런 생각을 했어. 사람들은 자작나무가 아름답다고 하지만, 나는 자작나무가 슬퍼."

엄마는 검버섯을 보면서 할머니를, 자작나무를, 그리고 늙는다는 것을, 죽어간다는 것을 실감했다. 나는 아직 뽀얗고 매끈한 내 다리를 쳐다보았다. 일렁일렁, 그 옆에 더 하얗고 늘어진 엄마의 다리가 보였다. 그제야 엄마의 옅은 검버섯이 짙고도 검게 도드라져 보이는 것이었다. 엄마는 늙어가고 있었다.

탕에서 나와 엄마 등을 밀어주었다. "우리 딸, 힘이 엄청 세졌네. 이제 애 낳고 키워도 되겠다." 엄마 등을 밀어주는 손바닥이 화끈거렸다. 내가 힘이 세진 게 아니라 엄마가 약해진 거야. 언제부턴가 엄마 등을 미는 일이 가뿐해졌고, 그때마다 내 마음은 무거워졌다.

내가 쪼그려 앉은 엄마의 키만 했을 때, 한시도 제자리에 가만있지 못하는 꼬맹이인 나를 안고 온몸 구석구석 씻겨주던 젊은 엄마가 생각났다. 주위를 둘러보니 과거와 미래의 우리 모습을 고대로 닮은 모녀들이 앉아 있다.

가슴 봉긋한 여자애를 씻겨주는 힘센 엄마 옆에, 할머니가 된 딸이 할머니가 된 엄마 등을 밀어주고 있었다. 엄마, 슬퍼하지 마. 우린 같이 늙어갈 거야. 목욕탕처럼 모녀가 돈독해지는 장소는 또 없는 것 같다.

한바탕 개운한 목욕을 마치고 집에 갈 시간. 옷을 입고 외투를 걸쳤는데, 소맷부리 밖으로 삐져나온 내 손바닥이 쭈글쭈글했다. "엄마, 이거 봐. 나도 주름 생겼어." 젖은 머리가 꼬불꼬불한 엄마가 웃는다. 나는 한껏 주름이 잡힌 늙은 손으로 엄마의 손을 맞잡고 목욕탕을 나섰다. 우린 동갑내기 친구처럼 손잡고 걸었다. 어느새 해가 쨍쨍, 아침이 밝아 있었다.

명랑한 알토의 날들

가을 한강에서 친구를 만났다. 우리는 한적한 나무 밑을 찾아 돗자리를 펼쳐 누웠다. 나뭇잎 사이로 레이스 같은 햇살이 쏟아졌다. 가만히 누운 채로 파란 하늘을 바라보자, 오렌지색 잔영이 어른거렸다.

"살 것 같다."

기분이 너무 좋아서 콧노래가 절로 났다. 나도 모르게 노래를 흥얼거렸는데 그게 하필 어렸을 때 불렀던 동요였다. 친구가 고개를 갸웃거렸다. "나도 그 노래 알아. 근데 음이 좀 이상하다." 이상할 수밖에. "난 알토였거든."

초등학교 특별활동 시간, 친했던 친구들은 모두 합창부였다. 나도 단순히 친구들을 따라 합창부에 들어갔다. 합창부에는 세 파트가 있었다. 익숙한 멜로디로 노래하는 메조소프라노, 지지

배배 노래하는 소프라노. 그리고 로봇 같은 음을 부르는 알토.

합창 파트를 나누기 전 가창 시험을 봤고, 내 차례가 되었을 때에야 나는 내가 노래를 못한다는 걸 알았다. 그런대로 박자는 맞췄지만 조금만 높은 음을 부르면 부끄러운 음 이탈이 일어났다. 달아오른 얼굴로 목소리는 점점 기어들어 갔다. 노래 잘하던 내 친구들은 모두 소프라노로 갔다. 하지만 나에게 주어진 파트는 알토였다.

우리 알토. 나처럼 친구 따라 왔다가 똑 떨어진 애들, 노래 못하는 애들이 모두 모인 파트였다. 앞 친구는 박자 무시, 뒤 친구는 음정 무시, 옆 친구는 그 둘을 합친 것보다 더 지독한 음치라서 그저 입만 뻐끔거렸다.

알토 파트는 밝고 아름다운 소프라노 파트들과는 달랐다. 무슨 노래를 하든 우리가 부르는 음들은 죄다 낮고 이상하고 서글펐다. 알토는 가장 많은 지적을 받았고, 언제나 주눅 들어 있었다. 노래 부르는 일이 제일 서러웠다. 그래도 어쨌든 한 학기 동안은 꼼짝없이 노래를 불러야 했다.

이후로 노래는 절대로 부르지 않겠다고 마음먹었지만, 생각보다 노래할 기회는 자주 찾아왔다. 음악 시간의 조별 가창 시험, 학교 축제의 반별 합창대회 같은 때. 그때는 내키지 않았어도 억지로 친구들 사이에 뒤섞여 노래를 불러야 했다. 나는 언제나 알토의 목소리로 낮은 노래를 불렀다.

그리고 한 살, 두 살. 나이를 먹어가면서 알게 되었다. 노래뿐만 아니라 삶에서도 나는 알토의 목소리를 가졌다는 걸. 첫 알바와 첫 직장, 서툴고 불친절한 사회생활에선 크고 높은 목소리를 낼 일들이 거의 없었다. 투덜거리는 불평의 목소리는 알토, 마땅히 들어줄 이 없는 나의 혼잣말도 알토, 하고픈 말들 꿀꺽 삼키고 빙그레 웃는 나는 알토. 예전엔 노래 부르는 일이 제일 서러웠는데, 나중엔 살아가는 일이 그렇게나 자주 서러웠다.

친구와 나는 한가하게 한강에 누워 있었지만 꽤 오랜만에 만났다. 노량진에서 공무원 시험 준비를 하는 친구는 얼마 전 7급 공무원 시험을 치렀고, 나는 월화수목금토일 일하다가 몇 달 만에야 주말 나들이를 나온 터였다.

그동안 어떤 하루하루를 살아냈는지. 하고픈 퍽퍽한 말들이야 목구멍에 차고도 넘쳤다. 하지만 우리는 아무 말도 없이 그냥 누워만 있었다. 너무 힘이 들면 말을 뱉는 것조차 귀찮아졌으니까. 시들시들한 식물들이 햇볕을 쬐며 에너지를 얻는 것처럼. 우리는 가만히 누워 광합성의 시간, 힘이 차오르는 시간을 보냈다.

친구가 말했다. "난 메조소프라노였어. 메조소프라노가 제일 쉬웠어. 다른 파트들은 음을 외워야 하는데, 메조소프라노는 그냥 원래 음으로만 부르면 되는 거잖아. 그래서 노래 못하는 애들은 죄다 메조소프라노로 왔어."

"아니야. 노래 못하는 애들은 죄다 알토로 왔는데?"

"아니야. 알토도 음을 외우려면 똑똑해야 했다구. 메조소프라노. 여기가 꿀이었지."

그랬구나. 알고 보니, 노래 잘하는 애들은 우리 중에 겨우 몇 명뿐이었나 보다.

"고등학교 합창대회 땐 〈장미〉라는 노래 불렀었어."

"어? 우리 반도."

"합창곡으로 엄청 유명한가 보다."

"당신에게선 꽃내음이 나네요. 잠자는 나를 깨우고 가네요."

"싱그런 잎사귀 돋아난 가시처럼, 어쩌면 당신은 장미를 닮았네요."

"랄랄라 랄랄라 자앙미."

"그게 뭐야."

"알토 멜로디."

"웃겨. 그래도 씩씩하다. 우리 알토!"

랄랄라 랄랄라. 사는 것도 만만치 않고 노래도 지지리 못 부르는 우리는 어깨를 들썩이며 웃었다.

일요일의 공기

일요일 아침은 언제나 김치볶음밥이었다. 가족들이 이불을 둘둘 말고 텔레비전을 보고 있으면, 나는 김치볶음밥을 만들었다. 나른하고 출출한 일요일 아침. 일요일이라도 엄마가 좀 쉬었으면, 그리고 내가 제일 자신 있는 맛있는 요리를 해주고 싶은 마음으로, 나는 가족들보다 조금 일찍 일어나 김치볶음밥을 만들었다.

달궈진 프라이팬 위에 마가린을 녹이고, 신김치와 참치를 달달 볶다가, 찬밥을 넣고 고슬고슬 볶았다. 거기에 약간의 설탕과 MSG 솔솔 뿌려 간을 하고, 돌김을 잘게 부수어 뿌려준다. 반숙 달걀프라이 세 개를 꽃잎처럼 올려내면 김치볶음밥 완성!

우리는 프라이팬에 동그랗게 모여 앉아 숟가락을 부딪치며 밥을 먹었다. 금세 뚝딱 프라이팬을 비우고는 부른 배를 땅땅 두드리며 누가 먼저랄 것 없이 다시 이불로 들어갔다. 그리고 거실에 조로로 누워 텔레비전을 봤다.

그때 열어둔 창문으로 불어오던 상쾌한 바람. 방 안에 기울어 쏟아지던 아침 햇살. 가벼운 먼지들이 햇살 속에 눈송이처럼 동동 떠다녔고, 나는 그걸 '일요일의 공기'라고 불렀다.

일요일의 공기를 데우는 것들 — 경쾌한 텔레비전 소리, 가족들과 나의 체온으로 딱 적당히 데워진 방 안의 온기, 고소한 김치볶음밥 냄새. 이것들은 일요일을 알리는 신호였다. 일요일은 평온했다. 그리고 행복했다. 행복은 일요일 아침처럼 짧기에 아름답게 반짝 빛났다.

그날도 일요일이었다. 나는 고시원에 혼자 있었다. 고3 겨울. 수능을 치르고 마땅히 지낼 곳이 없었던 나는, 잠시 학교 앞 고시원에서 살았다. 일요일에는 고시원도 텅텅 비었다. 친구들이 각자의 집에 다녀오는 날이었고, 갈 곳이 없던 나만 덩그러니 혼자였다.

수능은 다 끝났고 교과서는 이미 구석으로 치워버렸다. 공부할 책도, 텔레비전도 없던 방은 우주처럼 조용했다. 빌려둔 만화책이나 볼까 했지만 그것조차 귀찮았다. 좀처럼 몸을 움직이기 싫어서 그냥 방 한가운데 멀뚱히 앉아 있었다.

혼자라는 게 딱히 외롭거나 슬프지는 않았다. 그렇지만 아무것도 하고 싶지 않은 내가 꼭 나무토막 같아서 이상했다. 썩 좋은 기분은 아니었다. 그때, 휴대폰이 울렸다. "나 문 좀 열어줘." 리삐꾸였다. 서로가 리삐꾸, 고삐꾸라고 부르는 우리는 베프였다.

빼꾸는 겨울 공기를 몰고 방에 들어왔다. 순식간에 찬 기운이 돌고, 방 안이 상쾌해졌다. 녀석은 주섬주섬 들고 온 보따리부터 풀었다. 귀여운 핑크색 도시락이 짜잔. "너 김뽂 좋아하자네. 내가 만들어왔어."

도시락 두 칸이 김치볶음밥으로 꽉꽉 채워져 있었다. 너무 친한 사이에 감동한 티를 내기는 어쩐지 부끄러워서 그냥 한 숟가락 떠먹어봤다. 기대로 가득 찬 빼꾸의 눈이 초롱초롱했다.

턱이 뻐근하더니 침이 고였다. 아삭한 김치가 씹히고, 포슬포슬한 참치가 간질이고, 기름진 밥알이 부드럽게 굴러다니고, 그리고 입 안 가득 퍼지는 향긋한… 카레향. 카레향? "이상해." "뭐가 이상해?" "이게 무슨 맛이지?"

빼꾸도 얼른 한 숟가락 떠먹었다. 미간이 살짝 구겨지더니 서서히 코 평수가 넓어졌다. 아니. 녀석은 입을 꾹 다문 채, 터져 나오는 웃음을 가까스로 참고 있었다. 밥을 꿀꺽 삼킨 빼꾸가 말했다. "어떡하지? 엄청 맛없어!"

"왜 카레 맛이 나지?"

"그야, 카레를 넣었으니까."

"왜?"

"찾아보니까 카레를 넣으면 맛있다더라고. 근데 좀 많이 넣은 거 같지?"

좀 많이,라니. 아주 카레를 들이부었네. 내 생애 이렇게 맛없는 김치볶음밥은 처음이었다. 웃어야 할지 울어야 할지 난감해 죽겠는데, 녀석은 아예 방바닥을 구르며 웃고 있었다.

"먹을 거로 장난치지 마, 인마."

"장난이라니! 야, 나 엄청 진지해. 난생처음 요리해본 거야. 너 혼자 또 빵 사 먹으면 어떡해. 꼭두새벽부터 만들어왔는데 완전히 망해버렸네."

삐꾸가 웃음을 뚝 그치고 쓸쓸하게 말했다. 하긴 뛰박질 좋아하고, 섬세한 감성이라곤 솜털만큼도 없는, 손재주랑은 콘크리트 담쌓은 녀석이 요리를 잘한다는 게 더 이상하지.

"정말로 그렇게까지 맛이 없는 건가." 꿍얼대며 몇 번이고 밥을 먹어보는 삐꾸의 얼굴을 보고 있노라니, 일요일 아침마다 김치볶음밥을 만들던 내가 떠올랐다. 신김치를 달달 볶던 내 뒷모습은 어느새 삐꾸의 뒷모습으로, MSG를 넣던 내 손길 위로 카레 가루를 들이붓는 녀석의 손길이 겹쳐졌다. 얘는 또 아침부터 감동을 주고 그래. 나는 일부러 와구와구 먹었다.

"고삐꾸, 억지로 먹지 마."

"아냐. 먹다 보니 또 먹을 만해. 카레 김볶이 원래 이런 맛인가 보네."

"그런가? 하긴 나도 이런 건 한 번도 안 먹어봤어."

"리삐꾸, 잘 먹겠습니다!"

도시락 두 칸에 꾹꾹 눌러 담은 카레김치볶음밥. 우리는 방바닥에 앉아서 숟가락을 부딪치며 밥을 먹었다. 야무진 숟가락질에 금세 도시락이 텅 비었다. 우리는 부른 배를 땅땅 두드리며 바닥에 드러누웠다. 방 안에 카레향이 은은했다. 햇살을 머금은 공기 중에도 노오란 카레가 동동 떠다니는 것만 같았다.

"삐꾸야, 일요일의 공기는 이거야."

"그게 뭔데?"

"그런 게 있어."

나는 가만히 웃었다. 행복했다. 우리는 곰처럼 누워 뒹굴거리며 수다를 떨다가, 나란히 배를 깔고 엎드려 만화책을 봤다. 경쾌한 웃음소리, 삐꾸와 나의 체온으로 딱 적당히 데워진 방 안의 온기. 오래도록 떠다니던 카레향. 일요일의 공기였다.

눈치채지 못했지만 창밖에는 하나둘 눈송이가 떨어지고 있었다. 그날은 많은 눈이 내렸다. 눈 내리는 날은, 언제나처럼 따뜻했다.

위로는 반드시 말이 아니라,

어떤 풍경으로 남아 있기도 하다.

3

우리는
달빛에도 걸을 수 있으니까

달빛에도 걸을 수 있다

어떤 모임에서 나는 스물다섯 살 청년을 만났다. 그를 소개해준 지인이 미리 일러두었다. 내가 영상 분야에서 일한 경험이 있으니 조언을 해주면 좋겠다고. 그리고 그는 조금 남다른 면이 있으니 이해해달라고 덧붙였다.

정말로 청년은 조금 남다른 면이 있었다. "저는 영화 연출을 공부하고 있습니다." 어깨를 잔뜩 움츠리고 구부정한 자세로 앉아 있던 그는, 사람 눈을 잘 마주치지 못했다. 아래로 향한 눈은 쉴 새 없이 사방으로 움직였다. 무표정한 얼굴에 꾹 다문 입술이 고집스러워 보였고, 어딘가 괴팍하단 느낌마저 풍겼다. 문어체로 속사포처럼 말을 쏟아내는 모습은 마치 외운 대사를 그대로 내뱉는 연극배우 같았다.

우리는 한 시간쯤 대화를 나눴는데 대화라기엔 민망할 정도로 이야기가 뚝뚝 끊겼다. 그때마다 무슨 말을 해야 할지 몰랐다. 확실히 청년은 대하기 어려운 사람이었지만 이상한 사람은 아니었다. 오히려 상대를 지나치게 조심스러워한 나머지 잔뜩 긴장

한 채로 힘겹게 대화를 이어가고 있었다. 그는 어떻게든 대화하기 위해 무던히도 애쓰고 있었다. 내가 글 쓰는 일에 관해 말했을 때였다. 청년이 불쑥 자기 얘기를 꺼냈다.

"저도 영화 시나리오를 써봤습니다. 그런데 글이 많이 어둡습니다."

"그게 무슨 문제가 되나요?"

"사람들은 어두운 걸 싫어하는 것 같습니다."

"저는 한번 읽어보고 싶은데요."

"정말입니까?"

"어두운 게 나쁜 건 아니잖아요."

그렇게 말하자 그가 고개를 들고 나를 쳐다봤다. 표현 못 할 복잡한 감정이 실린 눈빛이었다. 지금껏 아무도 이 사람에게 그런 말을 해준 적이 없었구나.

청년을 보면서 20대 초반의 나를 떠올렸다. 제대로 고개를 들 수 없을 정도로 내가 불행하고 우울하다고 생각했던 시기. 그땐 나도 어두운 글만 엄청나게 썼었다. 말도 생각도 행동도 어두웠다. 세상은 그저 깜깜하다고만 생각했으니까.

그런 내가 바뀐 계기는 정말 우연히 찾아왔다. 어느 날, 글을 올리던 블로그로 모르는 사람이 쪽지를 보내왔다. 자살 사이트에서 활동하는 사람이었다. "혼자 죽는 게 힘들면 우리 같이 죽어요."

엄청난 충격이었다. 자살 사이트가 실제로 존재한다는 것, 죽음을 꿈꾸는 사람이 내게 말을 걸었다는 것. 정말로 큰 충격은 내가 마치 죽음을 꿈꾸는 사람처럼 보였다는 것이었다. 그제야 나는 내 안을 들여다보았다.

나는 어두운 글을 쓰고, 어두운 생각을 하고, 스스로 어둡다고 여기면서도 죽고 싶다고 생각하지는 않았다. 오히려 그 반대였다. 나는 살고 싶었다. 하루하루 힘겨워도 어떻게든 살고 싶었다. 살아가야 할 실낱같은 희망을, 어둠을 밝혀줄 한 줄기 빛을 찾고 있었다.

그러나 정작 나를 찾아온 건 빛나는 사람이 아니라 죽음을 꿈꾸는 사람이었다. 그때 깨달았다. 아. 내가 너무 깜깜한 나머지 방향을 잃었구나. 더는 어둠 속에만 머물러서는 안 되겠구나. 그래서인지 나는 청년의 마음을 알 것도 같았다. 스스로 자신이 어둡다고 인정하는 그가 찾는 것은, 어쨌든 빛이었을 것이다.

"시나리오 읽어보고 싶어요. 그리고 우리, 메일로 더 많은 이야기를 나눌 수 있을까요?"

"정말 그래도 됩니까?"

"그럼요."

"감사합니다. 정말 감사합니다."

우리는 이메일 주소를 교환했다. 그는 누군가 자신의 작품에 관심을 두고 읽어준다는 사실만으로 들뜬 표정이었다.

반듯한 손 글씨가 적힌 노란 포스트잇을 바라보았다. 청년의 이름과 이메일 주소가 적혀 있었다. 미래의 명함 같았다. 누군가 그의 어둠을 알아봐 준 계기로, 그가 깊은 철학을 가진 영화감독이 된다면 정말로 좋겠다.

어두운 게 나쁜 건 아니다. 우리가 부정적이라고 느끼는 우울함, 죽고 싶다는 마음 같은 것들은 유독 이상한 사람들의 전유물이 아니다. 살아가는 누구나 한 번쯤은 어둠에 홀리고, 죽음을 떠올리기도 한다. 어둠은 해가 지면 찾아오는 짙은 밤처럼 당연하고도 자연스러운 삶의 일부. 우리는 언제라도 어둠 속에 머무를 수 있고, 원한다면 그곳에서 내내 깊은 잠을 잘 수도 있다.

예전의 나처럼, 그리고 청년처럼. 어둠 속에 머물러 있는 사람이 있다면 말해주고 싶다. 괜찮다고. 다만 잠시만 그곳에 머무르라고. 어둠 속을 걷다 보면 어딘가에서 당신을 이끌어줄 빛을 만날 거라고.

어둠 속이 너무 희미해 잘 보이지 않는다고 걱정할 필요는 없다. 우리는 달빛에도 걸을 수 있으니까.

세 번의 장례식

장례식장 옆에서 3년 정도 살았다. 이른 아침부터 창밖에선 곡소리가 났다. 출근길에는 어김없이 '謹弔(근조)'라는 한자가 붙어 있는 영구차를 만났다. 골목에서, 약국에서, 편의점에서, 나는 검은 상복을 입은 사람들과 불쑥불쑥 마주쳐야 했다. 창백하고 지친 얼굴, 울다 부은 눈 아래 짙은 그늘을 드리운 사람들. 늦은 퇴근길에 몇 번은, 사람이 아닌 줄 알고 소스라치게 놀란 적도 있었다.

장례식장 일대, 그러니까 우리 집 주변은 언제나 서늘한 기운이 안개처럼 깔려 있었다. 다른 곳보다 온도가 서너 도쯤은 내려가 있는 것 같았다. 집에서 불과 몇십 미터 떨어진 곳에는 죽은 자와 슬픈 자들이 유령처럼 떠돌고 있었다. 내 일상 속에 죽음이 아무렇지도 않게 불쑥 끼어든다는 사실이 싫었다. 꺼림칙했고 또 무서웠다.

상복을 입은 핏기 없는 얼굴들을 날마다 맞대야 하는 일상, 시간을 불문하고 아침에조차 곡소리를 들어야 하는 일상, 장례식장에서 튀어나온 술주정 소리에 잠자리를 뒤척이는 밤들. 아직 죽음이 가까이 와 닿지 않았던 나는, 그럴 때마다 불길한 까마귀라도 본 사람처럼 마음을 찌푸렸다.

처음으로 참석한 장례식은 고등학교 담임선생님의 장례식이었다. 스무 살 여름이었다. 어떤 옷을 입어야 할지 몰라 도톰한 검은 재킷을 꺼내 입었다. 친구와 장례식장으로 향하는 길, 한여름이었고 철 지난 두꺼운 옷을 입었는데도 몸이 으슬으슬 추웠다. 선생님이 돌아가셨다니.

그때 나에게 '죽음'이란 단어는 낯선 외국어처럼 어색했고 발음하기조차 꺼려졌다. 죽음. 발음하노라면, 썩은 포도알을 억지로 입에 넣은 것처럼 불쾌했다. 역하고 비린 맛이 혀끝에 감돌았고, 물컹한 썩은 덩어리가 미끄덩 입 안을 굴러다녔다.

빈소에 들어섰다. 그리고 영정사진 속 선생님과 마주쳤다. 그때부터였다. 나는 오들오들 떨었다. 어떻게 상주와 인사를 나누고, 헌화를 드리고, 절을 하고 나왔는지 아득했다. 선생님의 얼굴만 아른거렸다. 빈소를 나와서 가까운 테이블에 앉았다. 물 한잔을 들이켜고 주위를 둘러보니, 그제야 아는 얼굴들이 눈에 띄었다.

갓 스무 살이 된 친구들은 옷차림에서부터 어린 태가 났다. 맨발에 샌들을 신고 온 친구, 짧은 치마를 입고 온 친구, 나처럼 철 지난 옷을 입고 와 땀을 뻘뻘 흘리는 친구도 있었다. 그중에 보라색 양말을 신고 온 친구가 있었는데, 어떻게 장례식에 보라색 양말을 신고 올 수가 있느냐고 눈총을 받았다.

동창들이 소곤대는 말들이 들렸다. 선생님에겐 복잡한 사정이 있었고, 스스로 목숨을 끊으셨다는 걸 알게 되었다. 늘 썰렁한 농담을 던지며 우리를 웃게 만들었던 선생님이었는데. 게다가 부모의 이혼으로 달아나듯 전학을 가야 했던 나에게, 모두가 돌아간 빈 교실에서 선생님은 다정한 말을 전해주었다. "네가 가면 우리 반 실장은 누가 맡누. 건강해라. 넌 잘 지낼 거다." 아쉬워하며 웃던 선생님의 얼굴이 마지막이었다. 장례식장은 몹시 조용했다. 울음소리도 나지 않았다. 모두들 쉬쉬 목소리를 낮추는 조용한 장례식이었다. 하지만 어린 동창들은 그 와중에 소곤댔다. 베란다에서 뛰어내리셨대. 내 친구 동생이 그걸 봤다는데? 귀를 틀어막고 싶었다.

연신 물만 들이켜며 언제 떠나야 하나 눈치만 살폈다. 그때, 체육선생님이 우리 자리로 오셨다. 편육을 내밀며 먹어보라고 했다. 선생님은 잘 지냈니, 예뻐졌구나, 숙녀가 다 되었네. 말하며 이를 드러내고 하하하 웃었다. 선생님, 편육은 돼지머리를 눌러 만든 고기잖아요. 나는 한 입도 먹을 수가 없었다. 웃으며 농을 거는 체육선생님이 싫었다.

두 번째 장례식은 대학 선배 아버지의 장례식이었다. 스물세 살 여름, 선배에게서 만나자는 연락이 왔다. 술 한잔 사주겠노라고. 새내기 시절에 내가 좋아했던 사람이었다.

우리는 이런저런 이야기를 나누며 술잔을 기울였다. 헤어지기 직전이 되어서야 선배는 말했다. 사실 아버지가 암 투병 중이시라고. 위중하셔서 언제 돌아가실지 모르겠다고. 하지만 그동안 아무에게도 말하지 못했다고. 놀란 나는 아무 말도 할 수 없었다. 그는 괜찮다고 말하며 내 머리를 쓰다듬었다. 그리고 다시 병원으로 향했다. 나는 마지막 전철을 탔지만, 환승역에서 전철이 끊기고 말았다. 집으로 가는 버스까지 모두 끊긴 밤, 대책 없이 걷기 시작했다. 그렇게 한참이나 까만 길을 걸었다.

얼마 지나지 않아 선배 아버지의 장례식장에 찾아갔다. 빈소에 들어서자 홀로 조문객을 맞이하는 선배가 있었다. 검은 정장을 차려입은 모습이 낯설었다. 어떡해야 하나. 아무 말도 하지 못하고 고개를 푹 숙였다. 선배가 내 머리를 쓰다듬었다. 손끝에서 슬픔이 뚝뚝 떨어졌다. 슬픔을 참는 어른스러운 그의 얼굴이 낯설었다. 나보다 겨우 두 살이 많은 그는 혼자서 훌쩍 어른이 된 것만 같았다.

뒤늦게야 사정을 알게 된 나의 무심함이 부끄러웠고, 술 한 잔도 먼저 사줄 수 없었던 어린 내가 미안했다. 막역한 누군가가 슬픈 일을 겪었을 땐 어떻게 해야 하는 건지. 죽음이라는 거대한 슬픔을 위로하는 방법을 그때는 몰랐다. 나는 서둘러 장례식장을 빠져나왔다.

세 번째 장례식은 외할머니의 장례식이었다. 스물일곱 살 봄이었다. 방송작가로 일하던 나는 밤샘 원고를 털고 쪽잠을 잤다. 그사이 여러 통의 부재중 전화와 메세지가 도착해 있었다. '할머니가 돌아가셨단다. 준비하고 내려오렴.'

할머니의 빈소를 찾았다. 상복을 입은 엄마와 이모들이 나를 반겨주었다. 오랜만이구나. 바쁠 텐데 내려오느라 수고했다. 먼저 할머니께 인사드리렴. 오랜만에 만나는 친척들도 많았다. 나는 모두에게 어리둥절 인사를 건네고 할머니 영정사진 앞에 섰다.

헌화를 하고 절을 했다. '할머니, 많이 아프셨던 우리 할머니, 이제는 아프지 않으신가요.' 슬펐지만 이상하게도 뭉클했다. 영정사진 속 할머니의 얼굴이 방긋하고, 꽃송이가 생생하고, 향냄새가 은은하고, 이모들의 울음소리가 아득하고, 빈소 안 공기가 물속처럼 따뜻했다. 할머니가 지금 여기, 가족들 곁에 와 있는 것만 같았다. 춥지도 무섭지도 않았다.

할머니는 슬하에 아들 둘, 딸 다섯을 두셨다. 그러다 보니 전국 각지에서 꽤 많은 가족들이 모였다. 나는 검은 옷을 입고 조문객들을 맞이했다. 이모들의 잔심부름을 하다가 한가한 시간에는 빈소 안에 기대앉아 친척들과 이야기를 나눴다. 살아생전 할머니에 관한 이야기였다. 우리 엄마가, 우리 할머니가, 우리 장모님이, 우리 어머님이. 우리는 참 많은 이야기를 나눴다. 한 사람이 울면 옆 사람도 따라 울었다. 미소 짓는 할머니의 영정사진이 우리를 내려다보고 있었다.

이틀째 되는 날, 염습에 참여했다. 가족들 모두 작은 방에 모여, 할머니의 몸을 깨끗이 닦아 드리고 수의를 입혀 드리는 의식을 지켜보았다. 아이고 아이고. 엄마 엄마, 우리 엄마. 이모들이 큰 소리로 울었다.

얼굴을 덮기 전, 우리는 할머니와 마지막 인사를 나눴다. 차례로 다가가 얼굴을 마주 보고 뺨을 만지고 인사를 했다. 나는 작고 평온한 할머니의 얼굴을 보았다. 할머니는 살며시 웃고 있는 것 같았다.

할머니. 나는 가만히 그 이름을 불러 보았다. 고요했다. 빛과 공기와 시간이 그대로 멈춘 것 같은 순간. 안녕히 가세요. 마음속에 차오르는 감정을 잔잔히 흘려보내며 마지막 인사를 나누었다.

며칠간 할머니의 장례를 치르고, 집으로 돌아온 나는 죽은 듯이 하루를 잤다. 다음 날이었다. 출근 준비를 하는데 창밖에서 곡소리가 났다. 해가 반짝이고 새들이 지저귀는 맑은 아침에 아이고 아이고 슬픈 울음소리가 퍼져나갔다. 이상했다. 불쑥 끼어든 죽음이 싫지 않았다. 누군가 세상을 떠났구나. 그를 사랑했던 사람들이 슬퍼하고 있구나. 죽은 자에게 소리 내어 울어줄 슬픈 자들이 있어서 다행이야. 할머니가 떠올라 나도 조금 울 뻔했다.

돌아온 나의 일상은 똑같았다. 여전히 골목에서, 약국에서, 편의점에서. 검은 상복을 입은 사람들과 불쑥불쑥 마주쳤다. 아침이면 창밖에서 곡소리가 들려왔고, 출근길에 영구차를 만났다. 장례식장에서 튀어나온 술주정 소리에 잠자리를 뒤척였다.

여전히 내 일상 속에는 죽음이 아무렇지도 않게 끼어들었고, 죽은 자와 슬픈 자들이 떠돌았다. 그러나 무섭지 않았다. 할머니의 장례식을 치르고 나서야 나는 비로소 죽음을 이해할 수 있게 되었다.

장례식장에 가면 어떡해야 할지, 고민할 필요가 없었다. 그냥 감정이 가는 대로 슬퍼하고 위로하면 되는 거였다. 살아남은 우리는 사랑하는 사람을 떠나보내기 위해서, 혹은 슬픔에 빠진 가족들을 위로하기 위해서 모든 힘을 다해 울고, 모든 마음을 바쳐 슬퍼하고, 모든 기억을 더듬어 고인을 추모하면 되는 거였다. 그건 사랑하는 사람을 떠나보내는 방법이기도 하지만 우리가 다시 살아갈 힘을 얻는 방법이기도 했다.

죽음과 슬픔과 삶은 모두 비슷한 울음소리를 가졌다. 엉엉 울다가, 숨죽여 울다가, 힘이 빠지면 잠시 쉬었다가, 또다시 울고. 그 반복적인 울음소리는 마치 허밍 같아서 혀끝에 머물고 입 안을 굴러다녔다. 죽음의 발음은 그랬다.

깨끗한 안녕

어릴 적, 툭 하면 편도선이 부어올라 열이 펄펄 끓었다. 그럼 엄마는 나를 홀딱 벗겨 방구석에 뉘어두고선 얼음찜질을 해줬다. 뜨거운 몸 위를 선뜻선뜻 굴러다니던 얼음덩어리들이 콩알만 해지고, 찬 수건이 몇 번쯤 그 위를 지나가면, 서서히 열이 내렸다.

그렇게 한바탕 앓고 나면 녹아내린 아이스크림이 된 것마냥 온몸에 기운이 빠져서 물 한 모금 삼키기가 힘들었다. 그때마다 엄마는 흰죽을 쑤어주었다. 폴폴, 따뜻한 김이 나는 흰죽.

엄마가 후후 불어 식힌 죽 한 숟가락을 입 안에 넣어주면, 나는 고분히 오물거렸다. 침이 고이고, 불어터진 밥알들이 뒤섞여 움직이고, 입 안 가득 은근한 단맛이 퍼져나갔다. 오물거릴수록 단맛이 더해졌다. 감질나게 황홀한 단맛이었다. 내가 처음으로 느낀 단맛은 설탕 맛이 아니라 흰쌀 맛이었다.

엄마, 한 입만 더. 흰죽 몇 모금에 나는 기운을 차렸다. 그럼 엄마는 간장 한 방울을 똑 떨어뜨리거나, 김 부스러기를 뿌려서 다시 떠먹여 주었다. 살짝 짠맛이 배어든 흰죽은, 턱이 뻐근할 정도로 구미를 잡아당겼다. 아, 맛있다! 기운이 솟는다는 건, 살아있다는 건 이토록 맛있는 순간이었다.

금세 바닥을 보이는 흰죽. 마지막 한 숟가락을 입에 넣고, 깊은숨을 들이마시면 코끝까지 달큰한 흰쌀 맛이 퍼져나갔다. 어린 시절 맛보았던 희열, 그리고 생의 기운은 바로 흰죽 한 그릇이었으리라.

자라서는 흰죽 먹을 기회가 별로 없었다. 생각해보니, 흰죽은커녕 흰밥조차도 제대로 먹지 못했다. 평범하게 살아왔다고 생각하는데도, 나에게 끼니라는 건 그저 되는 대로 먹는 것이었다.

고등학교 때에는 급식 식권 살 돈을 아껴 매점에서 컵라면이나 빵으로 끼니를 때웠다. 그렇게 챙긴 돈으로 노래방에 가거나 스티커 사진을 찍었다. 그땐 친구들과 먹는 컵라면이 밥보다 맛있었다.

대학교 때에는 돈이 없어서 밥을 먹지 못할 때가 종종 생겼다. 선배들에게 얻어먹거나 아르바이트하는 곳에서 얻어먹거나 편의점에서 사 먹거나. 그래도 돈이 없을 때는 믹스커피 몇 잔으로 끼니를 때우곤 했다. 밥보다 믹스커피가 더 든든했던 시절이었다.

도서관에서 공부하던 취준생이었을 땐, 주머니 사정이 빠듯하기도 했지만, 같이 밥 먹을 사람이 없었다. 고학번 유령 대학

생으로 식당에서 혼자 밥 먹긴 무안하고, 후배들 밥 사주기엔 부담스러웠다. 그래서 열람실에서 과자 몇 조각으로 끼니를 때웠다. 취업 스트레스 때문인지 탈도 자주 났고, 밥을 먹으려 해도 예민해서 속이 더부룩했다.

회사원일 땐, 오히려 먹을 게 너무 많아서 힘들었다. 팀장님 부장님 입맛에 맞춰 MSG 잔뜩 들어간 자극적인 음식들을 먹었다. 회식이 잦았다. 기름지고 맵고 짠 음식들을 먹고는 술까지 털어 넣어 자주 속이 쓰렸다. 밥보다 술을 더 많이 마시던 시절, 다음 날 숙취와 속 쓰림을 견뎌내는 게 사회생활인 줄 알았다.

방송작가일 땐, 일이 너무 바빠서 밥 먹을 시간이 없었다. 다시 학생 때처럼 대충 끼니를 때우기 시작했다. 오늘내일이 어찌될지 모르는 하루살이 생활에 계획 없이 밤새우기 일쑤였다. 내겐 오래도록 깨어 있을 에너지가 곧 끼니였고, 초콜릿과 커피를 주식처럼 먹었다. 그땐 그렇게 당과 카페인을 연료로 24시간 움직이는 기계처럼 살았다. 어째선지 나의 끼니는 이렇듯 부실했고, 나는 예전보다 더 자주 아팠다.

어린 시절 흰죽을 쑤어주던 엄마는 그래도 내 새끼, 일하려면 밥은 잘 챙겨 먹어야 한다며 매번 반찬들을 만들어 택배로 부쳐주었다. 하지만 그것들은 통째로 냉장고 직행, 깜빡 잊은 채 일하는 동안 썩고 버려졌다.

어느 초겨울, 엄마는 반찬 대신 햅쌀을 보내줬다. "엄마, 이런 거 좀 보내지 마. 집에서 밥 먹을 시간 없다니까." "그래도 한 번쯤은 흰쌀밥 지어 먹을 일이 생겨. 많이 안 보냈어. 딱 고만큼만 집에 두고 있어." 그렇게 햅쌀 한 봉지를 냉장고에 넣어두었고 여느 때처럼 잊고 살았다.

겨울바람이 불었다. 서울은 날마다 미세먼지로 스모그가 심해졌고, 사무실에선 창문을 꽁꽁 닫아둔 채 히터만 돌렸다. 나는 감기에 비염까지 달고서 골골거렸다. 그러다 결국 사달이 났다.

으슬으슬한 기운에 두꺼운 이불을 덮고 잠이 들었는데, 깨어나니 온몸이 푹 젖어 있었다. 나는 식은땀을 비처럼 흘리며 심하게 떨고 있었다. 열은 펄펄 끓는데 몸은 얼음물 끼얹은 듯 몹시 추웠다. 목은 꽉 막혔고, 귀는 먹먹하고, 눈앞은 흐리고, 방 안은 깜깜했다. 너무 아프니까 무서웠다. 죽을 것만 같은데 그 순간 혼자라는 사실이 너무 무서웠다. 고장 난 수도꼭지처럼 눈물만 줄줄 흘리던 그때. 엄마에게 전화가 왔다.

"엄마, 나 아파."

"뭐 하고 있어. 얼른 해열제부터 먹어."

"아무것도 못 하겠어. 무서워, 엄마."

"정신 차려. 누가 너 못 도와줘. 혼자라고 약해지면 안 돼.

엄마가 보내준 해열제 있지? 그거부터 먹어.”

엄마는 침착하고 단호하게 일러주었다. 전화를 끊고 솜덩이 같은 몸을 일으켰다. 세상에, 일어나는 일이 이렇게나 힘들다니. 겨우 몸을 가눈 채 더듬거리며 불을 켜고, 서랍을 뒤져 해열제를 찾아 먹었다. 안간힘으로 돌아간 침대에서 나는 정신을 잃었다. 그리고 다시 눈을 떴을 때, 다행히 열은 가라앉았고 천장엔 형광등 빛이 환했다. 나 살았다.

침대에서 일어나자 세상이 빙그르르 돌았다. 몸이 제멋대로 풀썩 쓰러졌다. 나는 다리에 단단히 힘을 주고선 휘청거리며 주방으로 향했다. 대체 왜 그런 생각이 들었는지는 모르겠지만, 당장 흰죽이 먹고 싶어졌다. 그래서 그 와중에 밥을 지었다. 햅쌀에 물을 잔뜩 부어 안쳤다.

얼마 후, 물기가 질펀한 진밥이 만들어졌다. 밥을 그릇에 담고 그 위에 뜨거운 물을 부었다. 숟가락으로 휘휘 눌러 젓자 뜨거운 물에 밥알이 풀리고 달큰한 냄새가 퍼지고. 어쨌든 흰죽이었다. 폴폴, 따뜻한 김이 나는 흰죽.

한 숟가락 떠올려 후후 불어 먹었다. 가만히 오물거렸다. 침이 고이고, 동그란 밥알들이 뒤섞여 입 안을 돌아다녔다. 천천히, 아주 천천히 씹은 밥알마다 단맛이 느껴졌다. 오물거릴수록 더 달았다. 그리고는 꿀꺽. 황홀한 단맛이었다. 아, 맛있다!

그래. 기운이 솟는다는 건, 살아 있다는 건 이토록 맛있는 순간이었구나. 나는 그 자리에서 흰죽 한 그릇을 비워냈다. 엄마의 말이 떠올라 피식 웃었다. 그래도 한 번쯤은 흰쌀밥 지어 먹을 일이 생길 거라던.

내가 만든 흰죽 한 그릇. 엄마가 쑤어주었던 것과는 정성도 맛도 한참이나 떨어졌지만, 나는 처음으로 살아 있다는 이 맛에 감사했다. 끼니라는 건, 언제고 누가 곁에 있어야 챙겨 먹을 수 있는 밥이 아니었다. 살아가기 위해서 스스로 챙겨 먹어야 하는 생의 기운이었다.

깜깜한 세상을 더듬거리며 혼자서 헤쳐나가야 하는 날들. 손가락 까딱할 수 없을 만큼 귀찮고 피곤한 날, 먹을 것 하나 없이 텅텅 빈 냉장고처럼 배고픈 날이 있다. 밥알 하나 씹어 삼키는 일조차 죽을 듯 힘든 날도 있다. 그런 날에는 흰죽이 필요했다. 천천히 오래 지어 따뜻한 흰죽. 아프지 말고 밥 잘 챙겨 먹으라는 깨끗한 안녕이 깃든 흰죽을 먹을 때마다, 사람은 씩씩해진다.

어둠 속이 너무 희미해
잘 보이지 않는다고 걱정할 필요는 없다.
우리는 달빛에도 걸을 수 있으니까.

히키코모리의 아침

우울한 청춘의 어느 날, 나는 히키코모리가 되기로 결심했다. 선명한 이유는 없었다. 내게 엄청난 사건이 생겼다거나 대단한 문제가 있는 것도 아니었다. 그냥 감기에 걸린 것처럼 우울한 날들이 지속되었다.

누구나 한 번쯤은 지긋지긋한 세상과 일상, 사람들과 멀어져 오로지 혼자가 되고 싶다고 생각하듯, 그때 나도 그랬다. 내 젊은 날이 우울했고 인간관계가 어려웠다. 사회생활이 힘들었고 생계가 버거웠다. 불안과 고민은 미래를 짓눌렀고 돈과 경쟁에 완전히 지쳐버렸다.

그렇다고 심각하게 죽고 싶어 엉엉, 우는 것도 아니었다. 나는 살고 싶었다. 간절하게 살고 싶었지만, 막상 방문 밖으로 걸어 나가 살아낼 자신이 없었다. 문고리를 잡고도 차마 방문을 열고 나갈 수 없던 하루, 나는 히키코모리가 되겠다고 결심했다.

혼자 사는 히키코모리 되기. 기간은 한 달쯤. 작은 월세방에 살고 있었던 나는, 방문을 걸어 잠그고 계획을 세우기 시작했다. 가장 먼저 필요한 것들을 정리했다. 아무래도 한 달을 틀어박혀 살려면, 미리 사두어야 할 것들이 많았다. 필요한 식량과 생필품 목록을 만들고, 계산서를 주욱 뽑자 한숨이 새어 나왔다. 나는 좌절했다. 혼자 사는 히키코모리, 그러니까 누군가 챙겨줄 이 없는 히키코모리는 힘든 일이었다. 홀로 생존의 문제에 맞닥뜨려야 했으니까.

일단 나는 돼지였다. 적어도 하루 두 끼는 해결해야 하는데, 새 모이만큼 적게 먹겠다고 해도 냉장고에 채워야 할 식량은 꽤 많았다. 생필품도 마찬가지였다.

그리고 나는 쓰레기였다. 모든 사물의 포장과 폐기물, 그리고 매 끼니를 먹고 난 후 쌓일 쓰레기들, 도무지 처리 불능인 음식물 쓰레기들, 쓰레기를 가득 채운 순간 역시나 커다란 쓰레기가 될 쓰레기봉투들. 일주일도 지나지 않아 내 방은 악취 나는 쓰레기장이 될 게 뻔했다.

식량과 생필품, 쓰레기보다 더 중요한 게 생수였다. 물이 없으면 살 수가 없는데. 한 달 동안 마실 생수는 몇 통이나 필요할까? 식량과 생필품, 생수들을 산다고 치자. 그 비용은 어떻게 감당할 것이며 그것들은 또 어떻게 집으로 가져올 것인가? 그리고 청소는? 빨래는? 공과금은? 집세는? 생각지도 못한 변수들에 머리가 지끈거렸다. 그럼 현실적인 문제는 잠시 패스. 먹고 자는 건 둘째 치고 깨어 있는 동안 방에서 할 일들을 생각해봤다.

그때 나에겐 스마트폰도 없었고, 컴퓨터도, 인터넷도 없었다. 좁은 방에 최대한 짐을 줄여 살아야 했기 때문에 소장 책도 없었다. 손바닥만 한 방에서 세상과 통할 수 있는 매체라곤 폴더 폰과 라디오뿐. 절망적이었다. 기다란 더듬이를 세운 낡은 라디오가 지직거리며 노래를 토해내고 있었다. 내 방을 한 바퀴 둘러보았다.

그래 봤자. 내가 온종일 틀어박혀 있어 봤자. 나를 찾을 사람은 방세를 독촉할 집주인밖에 없었다. 쓰레기가 뒹굴고 악취가 풍기고 집주인의 성난 초인종이 울려 퍼질 작은 방에서 내가 할 수 있는 건, 낡은 라디오를 듣는 일뿐이었다.

그만. 하던 일을 던져두고 침대 위에 쪼그려 누웠다. 외로운 내 모습을 상상해봤다. 세상의 종말에서 홀로 살아남은 최후의 히키코모리. 그럼 나는 지금보다 괜찮을까. 그렇게 터무니없는 상상에 잠겨 있다가 잠이 들었다.

사실 나는 두려웠다. 아무도 나를 찾지 않을까 봐. 모두가 나를 잊어버릴까 봐. 아주 많이 두려웠다. 스스로를 가둔다면 외롭지 않으리라는 건 내 환상일 뿐이었다. 사라졌으면 좋겠다고 생각했지만 내게는 사라질 용기, 잊힐 용기가 없었다. 나는 히키코모리가 될 자격조차 없었다.

얼마나 오래 잤을까. 잠에서 깼을 때 창밖은 어스름했다. 저녁인지 새벽인지 분간할 수 없었다. 무거운 몸을 일으켜 침대 위에 작은 창문을 열었다. 겨울바람이 쾌쾌한 방 안을 헤집는 동안, 나는 이불을 두른 채 가늘게 몸을 떨었다.

밖에는 새날이 오고 있었다. 그리고 눈이 내리고 있었다. 하얀 눈이, 어쩜 소리도 없이 내리고 있었다. 발자국조차 없었다. 아무도 밟지 않은 깨끗한 눈이 조용히 쌓이고 있었다. 창밖으로 손을 뻗어 그림 같은 눈송이를 잡아보았다. 눈송이는 금세 거품처럼 녹아 사라졌다.

가만히 눈 내리는 풍경을 바라보았다. 고요한 새벽. 내리는 눈은 흔들림 없이 침착하고 조용했다. 나는 추운 줄도 모르고 오래 창밖을 내다보았다.

이윽고 아침, 나는 운동화를 신었다. 운동화 끈을 고쳐 매는 사이, 발바닥에 온기가 돌았다. 걸어 잠갔던 방문을 열고 밖으로 나갔다.

한 발, 한 발. 쌓인 눈을 밟고 걸었다. 뒤를 돌아보니 바닥에 내 발자국만 찍혀 있었다. 발자국은 다시 소리 없이 덮이고 깨끗이 사라졌다. 내 머리에도 어깨에도 발등에도, 그리고 속눈썹에도 눈이 내렸다. 눈은 살갗에 닿자마자 흔적도 없이 증발해버렸다. 완벽한 깨끗함이었다. 뭉클했다.

애써 스스로 사라지려고 하지 마.

나는 지금도 사라지는 중이야.

나의 꽃노래

피아노가 좋았다. 학교를 마치면 네모난 학원 가방을 달랑 달랑 흔들며 피아노 학원으로 향했다. 학원에는 피아노 소리보다 애들이 뒤엉켜 노는 소리가 더 컸다. 일찍이 아이들 조용히 시키기에 지친 선생님이 피아노 유망주 옆에 앉아 예술혼을 불태우는 사이, 나머지 시끄러운 애들은 시간 가는 줄 모르고 모여 놀았다. 뚱땅뚱땅, 시끌시끌. 나는 저마다의 소리들이 제멋대로 뒤섞인 어수선한 학원의 공기가 좋았다. 열심히 놀다가 피아노 앞에 앉기까지 차암 오래도 걸렸다.

학원의 모든 피아노는 꼭 건반 서너 개씩은 이가 빠져 있었다. 이 빠진 피아노는 턱턱, 건반이 나무 바닥에 부딪히는 소리가 났다. 이상하게도 그런 이 빠진 피아노가 좋아서, 턱턱 하는 소리와 함께 "도레 도레" 피아노를 쳤다. 페달을 밟으면 울리는 소리가 그럴싸해 보여서, 짧은 다리를 뻗어 페달을 밟고선 "도오레에 도오레에" 웅장한 연주를 했다.

그렇게 나는 7년이나 피아노를 쳤다. 꽤 오래 배운 편이었다. 그러나 꼬박꼬박 나가는 학원비가 아까울 정도로 안타까운 고백 하나. 나는 피아노를 못 쳤다. 정말 정말 못 쳤다. 엄마가 일찍 알았다면 더 좋았을 고백이 하나 더. 나는 처음부터 피아노에 재능이 없다는 걸 알고 있었다.

내 손은 특별할 정도로 작았다. 피아노 선생님은 "이렇게 하면 손가락이 길어질 거야."라면서, 건반 아래에 손가락을 갖다 대고 마디마디를 늘려 찢어주었지만 소용없었다. 내 손은 자라지 않았고 어른이 된 지금까지도 '도에서 도까지' 손가락이 닿지 않는다. 어린애처럼 조그마한 손은 정확한 음을 누르기 힘들었다. 게다가 내 손은 차갑고 축축했다. 손바닥엔 늘 땀이 흥건해서 누르는 음마다 미끄러졌다. 거기다 최악으로, 배우는 속도도 몹시 더뎠다.

바이엘을 만나 체르니, 그리고 모차르트, 이어서 베토벤, 슈베르트. 꽤 오랜 시간 그들과 함께했지만 흔한 콩쿠르 한 번 참가하지 못했다. 피아노 잘 치는 친구들처럼 예쁜 드레스를 입고 스포트라이트를 받으며 연주하는 상상을 했지만, 나는 만년 피아노 열등생이었다. 그런데도 꿋꿋하게 피아노를 좋아했다.

그런 나에게 부모님은 없는 형편에도 피아노를 선물하고 싶었는지, 아홉 살 때, 집에 갔더니 피아노가 있었다. 나무 냄새가 나는 고급스러운 새 피아노였다. 엄마는 어서 의자에 앉아 피아노를 쳐보라고 했다. 그래서 건반을 누르는데, 세상에 그렇게나 퍽퍽한 건반은 처음이었다. 내 마음도 퍽퍽했지만, 나는 내가 칠 수 있는 제일 어려운 곡을 연주했다. 서툰 연주에도 두 손을 모으고 기뻐했던 엄마의 얼굴이 아직도 생각난다.

열한 살 때, 생애 처음으로 무대에서 피아노를 쳤다. 학부모들을 모시고 여는 작은 연주회였다. 나는 독일 작곡가 구스타브 랑게의 〈꽃노래〉를 연주곡으로 골랐다. 바장조의 〈꽃노래〉는 렌토 모데라토, 약간 느리거나 보통 빠르게. 에스프레시보, 표정을 풍부하게. 연주하기에 보통 섬세한 곡이 아니었다. 지금 다시 악보를 봐도 내가 이걸 어떻게 연주했나 싶을 정도로 어려운 곡이었다.

연주하는 손은 별로였어도 듣는 귀는 고급이었던지. 나는 클래식이 좋았다. 〈소녀의 기도〉나 〈은파〉, 〈이별의 곡〉 같은 애잔하고도 저릿한 감성이 좋았다. 〈소녀의 기도〉를 들으며 창밖을 내다보며 기도하는 소공녀를 떠올렸고, 〈은파〉를 들으며 밤바다에 부서지는 은빛 파도와 쏟아지는 별빛을 상상했다. 〈이별의 곡〉을 들으며 잔잔히 바람 부는 언덕 위에서 눈물 흘리며 헤어지는 연인을 생각했다.

〈꽃노래〉도 그랬다. 사뿐사뿐 가볍게 시작해 화려하게 전개되는 노래. 나는 〈꽃노래〉를 들으며 서서히 열리는 꽃망울들이 퐁퐁퐁 팝콘처럼 흐드러지게 피어나는 모습을 떠올렸다. 게다가 내가 배웠던 곡 중에서 가장 어렵고 근사한 곡이 아니던가. 물론 만년 피아노 열등생이 치기에는 얼토당토않은 곡이었지만. 그래도 나는 엄마에게 반드시 이 곡을 선물하고 싶었다. 어쩌면 나의 처음이자 마지막 연주회일지도 모른다는 예감에, 반드시 이 곡을 치겠다고 고집을 부렸다.

결국, 연주를 허락해준 피아노 선생님은 정확한 화음을 누를 수 없는 내 손가락에 맞도록 악보를 변형해주셨다. 나는 그때부터 악보가 닳도록 〈꽃노래〉를 연습했다. 퍽퍽한 건반을 눌러가며 매일 〈꽃노래〉만 쳤다. 설거지를 하던 엄마도 잠시 멈추고 식탁에 앉아 내 연주를 들었다. 계절과 상관없이 내가 〈꽃노래〉를 연주하던 순간에 우리 집은 봄이었다. 순정 만화처럼 꽃송이들이 퐁퐁 떠다니는 화사한 봄이었다.

대망의 연주회 날, 엄마는 어디선가 드레스를 빌려와 내게 입히고 곱게 머리를 묶어줬다. 화장도 해줬다. 연분홍색 립스틱을 발라주고는 입술을 빰빰 해보라고 했다. 빰빰.

나는 드디어 무대에 올랐다. 두 손을 건반 위에 올렸다. 손등 위에 내려앉은 조명이 따스했다. 바람에 흔들리는 꽃들을 상상했다. 그 꽃밭 가운데에는 엄마가 웃으며 서 있었다. 하나도 떨지 않고 즐거운 마음으로 피아노를 연주했다. 나의 처음이자 마지막 연주회. 그날은 주인공이 된 것처럼 행복했다. 이듬해, 나는 미련 없이 피아노를 그만뒀다.

내가 피아노를 그만두고도 피아노는 집에서 가장 좋은 자리에 놓여 있었다. 엄마는 행여나 먼지라도 쌓일까 매일 마른 수건으로 피아노를 닦았다. 짙은 나무색 표면에 로코코 양식의 부드러운 곡선이 새겨진 피아노는 고전적인 모양새 때문인지 나이 많은 나무 같았다. 우리 집 한편에 뿌리를 내리고 가끔 "도레 도레" 노래 부르는 나무.

훗날 우리 가족이 깨어지고 뿔뿔이 집을 떠나게 되었을 때, 나는 엄마에게 피아노를 팔자고 했다. 더는 연주하는 사람도 없었고, 커다란 악기는 무거운 짐이 되어버렸으니까. 그러나 엄마는 피아노를 팔지 않았다. 반드시 〈꽃노래〉를 치겠노라 고집을 부렸던 열한 살의 나처럼, 절대로 피아노를 팔면 안 된다고 이상한 고집을 부렸다. 피아노는 파란 용달차에 실려 어디론가 떠났다. 덧댄 박스를 뒤집어쓰고 청테이프가 둘둘 감긴 모습이 내가 본 마지막이었다. 피아노는 어디로 갔을까? 마땅히 둘 곳이 없어서 친척 집 지하창고에 맡겨두었는데 비가 와서 잠겼다더라. 그런 이야기를 얼핏 들은 것도 같다. 아니면 어디서 먼지만 쌓이고 있으려나.

이 빠진 할머니 피아노가 되었으려나. 부서지고 썩어서 다시 나무가 되었으려나.

가끔 피아노를 만나면 건반을 눌러본다. 멋지게 한 곡 쳐보고 싶지만, 겨우 젓가락 행진곡이나 두드려보다 일어선다. 그렇게나 열심히 연습했던 〈꽃노래〉도 까맣게 잊어버렸다.

이제 나는 피아노 대신 키보드 자판을 두드린다. 타닥타닥. 타닥타닥. 기분 좋은 소리가 마치 피아노를 치는 것 같다. 자판을 두드리며 글을 쓸 때마다 피아노를 치던 열한 살의 내가 겹쳐진다. 그때 나는, 재능은 없었지만 우리 집을 봄으로 만든 적이 있었다. 내가 할 수 있었던 최선의 연주였다. 이제는 키보드 자판을 오래도록 치고 싶다. 〈꽃노래〉를 연주하던 그때처럼.

렌토 모데라토, 약간 느리거나 보통 빠르게.

에스프레시보, 표정을 풍부하게.

너무 빠르지도 않고 너무 느리지도 않게. 적당하고 온건하게. 그리고 진실하게. 그렇게 글을 쓰고 싶다.

쉰한 살, 어른의 눈물

"난 정말로 너랑 친구가 되고 싶다. 선생님과 제자 말고, 진짜 친구."

불 꺼진 도서관을 마지막으로 나섰던 밤, 앞서 걷던 선생님이 춤추듯 빙글 돌았다. 그리고 손을 내밀었다. 설레고 뭉클한 고백이었다. 나는 내민 손을 기꺼이 붙잡았고 우리는 친구가 되었다. 내가 스물하나, 선생님은 마흔둘이었던, 오래전의 이야기다. 그날 우린 21년이란 시간 차를 훌쩍 넘어 친구가 되었다.

선생님은 외래 교수였고, 나는 그녀의 수업을 듣던 제자였다. 어떤 계기로 함께 밥을 먹게 된 우리는, 자주 만나 커피를 마시는 사이가 되었다. 나는 학교 도서관 문이 닫힐 때까지 남아서 공부하며 그녀의 집필 작업을 돕거나 예술, 인생, 연애에 관한 낭만적인 이야기를 나누곤 했다.

선생님은 예뻤다. 지적이고 우아했다. 언제나 당당하고 단정했다. 그리고 우리 엄마처럼 혼자 딸아이를 키우는 싱글맘이었다. 엄마이자 가장이었던 선생님은 아이를 돌보며 혼자 곱절의 일을 해내야 했기에, 일상은 과부하가 걸렸고 늘 시간에 쫓겼다.

선생님은 백조 같았다. 밥벌이의 세계에서, 우아한 날개를 펼치고 홀로 고고하게 떠다니는 아름다운 백조였다. 하지만 숨겨진 흙탕물 아래에선 어떻게든 살아남기 위해 아등바등 발장구를 치고 있었다. 종종걸음이 몸에 밴 삶을 나는 알고 있었다. 선생님에게서 우리 엄마의 모습을 보았다. 뭐든 가까이에서 챙겨주고 돕고 싶었다. 대학교를 졸업할 때까지 우리는 막역하게 지냈다.

그러나 스물한 살이었던 내가 서른 살이 되는 동안, 우리 사이는 자연스럽게 데면데면해졌다. 나는 사회 물을 먹어서 셈에 밝은 어른이 되었고, 선생님까지 생각할 여력이 없었다. 치열하게 동동거리며 나 살기에 바빴다.

어느 날, 선생님이 연락해왔다. 오랜만에 얼굴 좀 보고 싶다고. 그리고 따로 부탁하고 싶은 일도 있다고 했다. 하필 나는 바빴고 마음도 힘든 시기였다. 약속을 미루고 또 미뤘다.

"부탁할 것이 있어."

그 말이 내내 맴돌았다. 내 일도 감당하기 힘든데 어떤 부탁을 하려는 걸까. 솔직히 만나기가 부담스러웠다. 여러 번 연락이 오간 후에야 우린 만났다.

선생님은 약속 장소에 먼저 도착해 있었다. 여전한 밝은 얼굴과 경쾌한 목소리로 나를 반겼다. 오랜만에 만난 우리는 이런저런 이야기를 나눴다. 하지만 어딘가 모르게 어색한 분위기가 흘렀고, 나는 자꾸만 시계를 들여다봤다.

"선생님, 저 곧 가봐야 할 것 같아요. 부탁이라고 하셨던 거, 뭐예요?"

"벌써 가려고? 아, 그게 말이야…."

선생님은 조금 망설이다 말했다.

"내 이야기 좀 들어줄래?"

예상치 못한 말에 나는 얼떨떨한 얼굴로 고개를 끄덕였다. 딸과의 갈등에 관한 이야기였다. 선생님은 여전히 정신없이 살고 있었다. 바쁜 선생님을 챙겨주는 건, 스물이 넘은 딸이었다. 그런 딸이 대견하고 고마웠는데, 최근 들어 딸과의 마찰이 잦아졌단다. 선생님의 사소한 실수에도 딸은 자주 짜증을 냈고, 심지어는 선생님을 쏘아붙이며 심하게 화를 냈다고.

그런 딸에게 선생님은 크게 상처를 받았다고 했다. 딸에게 다시 사춘기가 찾아온 건지, 아니면 커버린 딸은 이제 엄마를 이해해주지 못하는 건지, 모르겠다고 말했다.

선생님과 딸이 겪었던 이 갈등을 엄마와 나도 겪었었다. 내가 복잡한 마음을 부여잡고 온전히 엄마의 편으로 서기까지 얼마나 힘든 속앓이가 있었던가. 나는 선생님 딸의 마음을 조금은 이해할 수 있었다. 작고 초라해 보이는 엄마의 모습에 불쑥불쑥 짜증부터 치솟는 속상한 마음. 몸은 훌쩍 커버렸지만 엄마를 위해 할 수 있는 게 여전히 아무것도 없는 현실이 답답한 마음. 엄마 혼자 열심히 나를 키워준 건 알지만, 그게 너무너무 고맙고 짠해서 투정조차 못 부리는 마음. 그렇지만 나도 세상살이가 너무 힘들다고, 어디에도 토로하지 못했을 그런 복잡하고 먹먹한 마음.

"진심은 아니에요. 딸도 마음이 엄청 복잡할 거예요."

"나도 알아. 아니, 그래도. 내가 걜 어떻게 키웠는데…."

"그럼요. 선생님, 정말 힘드셨잖아요."

"내가 이걸 털어놓을 사람이 한 명도 없는 거야."

선생님과 눈이 마주쳤다. 갑자기 선생님이 아이처럼 울음을 터트렸다. 지켜보던 나도 불쑥 눈물이 났다.

"너, 왜 울어."

"선생님이 울잖아요."

"야, 울지 마."

"선생님이나 울지 마요."

한낮의 카페에서 우리는 같이 울었다. 서로 냅킨을 건네주며 눈물을 닦았다. 눈물을 닦다가도 서로 눈이 마주치면 또 와앙. 주책없이 울었다. 사람들 시선이 느껴졌지만 그래도 울고 나니 개운했다.

선생님은 한숨도 못 잤는데 울고 나니 좀 쉬고 싶다고. 찜질방이나 들러야겠다며 총총총 걸어갔다. 작고 여윈 선생님의 뒷모습을 보며 생각했다. 우리 엄마도 힘들 땐 혼자 사우나에 가요. 땀도 마음도 쫙 빼고 돌아오면 그렇게 개운하대요. 어쩜, 선생님은 그것도 우리 엄마랑 똑같네요.

쉰한 살의 어른이 내 앞에서 아이처럼 우는 모습은 애처롭고 짠하고 예뻤다. 달래주고 싶었다. 아무에게도 말할 수 없는 속내를 꽁꽁 싸매다가 결국 터져버린 어른의 울음에는 표현 못 할 복잡한 감정들이 담겨 있었다.

한편 나는 부끄러웠다. 우리는 친구였는데. 21년의 세월도 훌쩍 뛰어넘은 각별한 친구였는데. 각자의 시간이 흐르는 동안 혼자만 대단한 어른이 된 양, 우리 사이를 계산하고 있었다.

돌아오는 길에 그간 울적했던 내 마음은 말랑말랑해져 있었다. 이상했다. 기분은 좋은데 자꾸만 눈물이 날 것 같았다. 오래전 선생님이 내민 악수의 의미를 그제야 알았다. 우리는 진정한 친구가 되었다.

패배의 기억

졌다. 분하다. 비참하다. 어른이 되어서는 딱히 그런 감정을 뼈저리게 느껴보지 못했다. 시험 등수 하나, 달리기 시합 하나에도 씩씩대며 목숨 걸던 어렸을 때완 달랐다. 감정이 무뎌진 탓도 있겠지만, 사회생활을 하며 웬만한 일들에는 그냥 무던히 넘어가는 요령을 익힌 덕분이리라.

그러던 어느 날, 우연히 2008년 10월 30일 자 해묵은 스포츠 기사 하나를 발견했다. 세계 최다 패배 기록 복서, 피터 버클리의 은퇴 기사였다.

> 19년 선수생활 동안 무려 256경기에서 패하여, 세상에서 가장 많이 진 권투선수라는 불명예를 안고 있는 영국 버밍햄 출신 피터 버클리(39세)가 오는 금요일 300번째 경기를 맞아 은퇴하기로 하였다고 타임즈, BBC 뉴스 등 주요 언론이 보도하였다.
>
> 1989년 프로 선수로 데뷔한 버클리의 전적은 299전 31승 256패 12무. 데뷔 초 10번 내리 우승을 거둔 것에서 그의 운이 다한 것일까.

2003년 10월 조엘 비니를 상대로 승리를 거둔 이후로 그는 5년 동안 단 한 번도 이겨본 적이 없다.
하지만 버클리가 가장 많이 패배한 권투선수라는 오명만 갖고 있는 것은 아니다. 그는 자신에게 들어오는 시합 제의를 거의 전부 다 수락하는 것으로도 유명하다. 시합 두 시간 전에 받은 제의도 받아들일 만큼 경기 욕심이 많은 그는 이전 경기에서 생긴 멍이 채 가시기도 전에 다음 경기에 임하는 경우도 적지 않다.
부상 당한 몸을 추스르기도 전에 다음 시합 약속을 잡을 만큼 무리하는 이유는 뭘까?
그는 언론과의 인터뷰에서 권투를 통해 자신의 삶이 달라졌기 때문이라고 그 이유를 밝혔다. 늘 경찰서 신세를 질 만큼 방탕한 생활을 했던 젊은 시절을 청산해 준 것이 바로 권투였기 때문이다. 은퇴 이후에도 권투와 관련된 일을 하고 싶다는 그는 마지막 경기를 고향 버밍햄에서 치르게 되어 감개무량하다고 소감을 전했다.*

19년 동안 299번의 경기에서 단 31번만 우승한 복서. 세계 최악의 복서, 인간 펀칭백이라고 불리는 사나이. 기사에 조그맣게

* 무려 256패, 세계 최다 패배 기록 복서의 '행복' 2008.10.30, POPNEWS

실린 그의 사진을 바라보았다. 그는 언어터진 얼굴로 희미하게 웃고 있었다. 입꼬리는 웃고 있었지만, 당장에라도 눈물을 쏟을 것 같은 표정이었다. 그뿐이었다. 그런데도 그의 심정이 고스란히 전해졌다. 나는 이 영국인 복서에게 묘한 동질감을 느꼈다. 그리고 깨달았다. 내 마음속을 휘저었던 이름 모를 감정이 바로 패배감이라는 거구나. 그때를 떠올렸다. 막내작가 생활 1년 반 만에 입봉했던 그때를.

입봉. 데뷔를 뜻하는 방송계 은어였다. 아마도 한자로는 입봉入峰, 이제 하나의 봉우리에 들어섰다는 뜻이리라.

"너 인마, 이제 겨우 방송작가 호적에 점 하나 찍은 거야. 그래도 축하한다. 고생했어. 이제 넌 진짜 작가야. 네가 만든 방송이 전국에 나가는 거라고. 그러니 네 글에 책임감을 느껴야 해. 무조건 열심히 해. 부끄러운 작가는 되지 말아라." 내 어깨를 두드리던 선배들. 태산만큼 높아만 보이던 방송작가 선배들 곁에 나도 드디어 작은 봉우리 하나를 세운 것이다. 가장 기뻤던 건, 내 이름 석 자를 걸고 내 글을 쓸 수 있다는 것이었다.

갓 입봉한 신입작가의 날들은 바쁘게 지나갔다. 선배들에게 혼이 나도, 피디들과 지지고 볶고 싸워도, 며칠 밤을 새워도 일이 너무 너무 재밌었다. 처음 써본 원고가 제법 괜찮다는 칭찬에 어깨는 으쓱, 더 으쓱해졌다. 다음 방송은 더 잘해야지, 그다음은 더더 잘해야지. 의욕이 하늘을 찔렀다.

어느 날, 기막힌 방송 아이템을 발견했다. 평생 수만 점의 골동품을 모은 괴짜 수집가였다. 그는 우리나라 최초의 생활 물품이라면 뭐든지 다 모았다. 텔레비전, 라디오, 사진기, 세탁기, 아이스께끼 통, 석유풍로까지. 역사 교과서를 방불케 하는 수집 목록과 셀 수조차 없을 만큼 어마어마한 양의 수집품들. 게다가 이 괴짜 수집가는 아예 교실 열댓 개 규모의 창고를 구해 골동품을 애지중지 보관하고 있었다. 이런 사람이 방송에 한 번도 출연한 적이 없다니. 나는 바로 수집가에게 연락을 했다. 언변도 뛰어나 캐릭터까지 좋은 사람이었다. 그도 단번에 출연하기로 했고 우리는 곧장 촬영일까지 정했다.

가슴이 도곤도곤 뛰었다. 어서 멋진 방송을 만들어 시청률과 칭찬을 동시에 붙잡고 싶었다. 나의 봉우리를 더 높게 세우고 싶었다. 기대하고 기다리던 촬영을 하루 앞둔 날, 갑자기 촬영을 할 수 없다는 출연자의 연락을 받았다. 일단 만나 뵙고 차근차근 얘기해보자는 내게 말하기를.

"작가님. 사실 제가 오늘부터 촬영을 시작했어요. 정말 죄송합니다."

사정은 이랬다. 나보다 한발 늦게 연락한 방송팀이 하나 있었다. 모 유명 프로그램이었다. 출연자는 이미 다른 방송을 촬영하기로 했다고 이야기했지만, 그 프로그램 제작진들이 일단 만나자며 막무가내로 카메라를 들고 찾아온 것이었다. 그리고 곧바로 촬영을 시작했다고. 출연자의 탓이 아니었다.

모 프로그램. 연차도 높고 실력도 좋아야 일할 수 있는 프로그램이었다. 게다가 공중파 간판 프로그램이 아니던가. 그래도 이럴 수는 없지. 이건 명백히 아이템 도둑질이었다.

사실 방송계에서는 비일비재한 일이었다. 공공연하게 방송 아이템을 가로채는 일이 적지 않았다. 하지만 선배들은 나를 그렇게 가르치지 않았다. 취재 못 하고 글 못 쓰는 건 용서해도 남의 거 뺏어 먹는 도둑질은 용서 못 한다고. 작가라면 떳떳하게 자기 글을 써야 한다고 가르쳤다. 나도 그게 방송작가의 윤리라고 생각했다.

모 프로그램 제작진의 비열함에 너무나 화가 났다. 날치기 촬영을 강행한 것도 모자라, 취소 통보를 출연자에게 떠넘기다니. 나는 해당 프로그램 담당 작가에게 따져 물었다.

하지만 달걀로 바위 치기였다. 산산조각 났다. 갓 입봉한 풋내기 주제에 어디 하늘 같은 선배들에게 대드는 거냐고. 나는 순식간에 무례하고 되바라진 작가'년'이 되었다. 깜깜한 현실이었다. 그날, 처음으로 방송 일에 회의감을 느꼈다.

졌다. 분하다. 비참하다. 그런 감정들. 그건 패배감이었다. 나는 최악의 복서 피터 버클리를 보면서 짙은 패배감을 공감했다. 스스로 너무도 하찮아 보잘것없어지는, 실로 엄청난 감정이었다. 한 번의 패배도 이렇게 쓰린데, 256번의 패배를 당한다는 건 대체 어떤 기분일까. 그러고도 다시 링 위에 서는 마음은 무엇일까.

패배의 순간을 상상해봤다. 얻어터지면서 패배를 직감한 순간, 벌러덩 나동그라져 패배를 당한 순간, 퉁퉁 부은 눈두덩이 사이로 승자를 올려다본 순간. 비틀거리며 일어나 스포트라이트와 환호성이 쏟아지는 링의 저편으로 조용히 사라지는, 패배자의 뒷모습이 떠올랐다. 피터 버클리는 그것을 256번 반복했다.

KO 패. 나는 졌다. 아이템을 대체해서 다른 방송을 만들어야 했다. 내부 사정이야 어떻든 방송은 예정된 시간에 나가야 하고, 작가는 만들어야 했다. 얻어터진 몸을 추스를 틈도 없이 방송을 만들었다. 하지만 빠듯한 촬영 일정 때문에 제대로 만들 시간이 없었다. 급기야 방송 전날 쭉 원고를 쓰면서, 꾸욱 눌러두었던 눈물을 쏟았다. 한 글자 한 글자 원고를 쓸 때마다 제작진에게 미안하고, 출연자에게 미안하고, 시청자에게 미안했다. 이런 원고를 내 이름을 걸고 내보이다니. 너무 부끄러워서 자꾸만 눈물이 났다.

부끄러운 내 방송이 방영되고 며칠 뒤, 모 프로그램에선 괴짜 수집가가 출연했다. 늦은 밤, 홀로 재방송을 시청했다. 부당하게 빼앗기지 않았다면 내가 만들었을 방송이었다. 뾰족한 질투와 분노가 마음을 찔러댔지만 꾹 참고서 그 방송을 꼼꼼하게 모니터했다.

괴짜 수집가는 자신이 모은 희한한 골동품들을 작동시키며 웃었다. 와하하 재미있는 상황들과 재치 있는 멘트가 이어졌다. 러닝타임 15분이 훌쩍 지나갔다. 프로그램이 끝나고도 몇 번이고 반복 재생했다. 담당 작가는 어떤 내용을 구성했는지, 어떤 장면을 포착했는지, 어떤 원고를 썼는지. 보고 또 봤다. 역시나 실력 있는 제작진들이 만들었기에 재밌는 방송이었다.

나는 인정해야 했다. 내 앞엔 높고 험한 산이 있었다. 꼭대기에 가 닿으려면 아직도 한참인 가파른 산이었다. 얼마나 더 미끄러지고 떨어져야 오를 수 있는지는 모르겠지만, 그래도 떳떳하게 내 글을 쓸 거라고. 여러 번 지더라도 나는 그런 작가가 되고 싶다고 생각했다.

피터 버클리는 은퇴를 앞두고 5년 동안 내리 88연패를 기록했다. 단 한 번도 이기지 못했다. 그의 마지막 경기가 궁금했다. 2008년 10월 31일 자 은퇴 경기 기사를 찾아보았다. 2008년 10월

31일, 영국 버밍햄에서는 피터 버클리 VS 마틴 모하메드의 권투 경기가 열렸다. 세계 최다 패배 기록의 복서, 인간 펀칭백이라 불리는 피터 버클리의 300번째 경기였다.

이날, 피터 버클리는 승리했다. 88연패 후 5년 만에 찾아온 승리이자, 300번의 경기 중 32번째 승리였고, 19년 차 복서의 마지막 승리였다. 세계 권투 팬들은 그에게 뜨거운 환호성과 갈채를 보냈다. 그는 박수 칠 때 떠났다. 그리하여 300전 32승 256패 12무의 기록을 남겼다.

피터 버클리의 마지막 경기를 확인하고, 나는 그에게 감사 인사를 건넸다.

너무 빠르지도 않고 너무 느리지도 않게.

적당하고 온건하게.

그리고 진실하게.

한밤중의 목소리

여의도 빌딩 촌 가운데 어중간하게 솟은 낡은 빌딩 하나. 우리의 일터였다. 8층은 방송 외주 제작사였고, 6층은 모 기업 고객서비스센터였다. 8층에서 엘리베이터를 타면 곧장 내려가는 법이 없었다. 반드시 6층에서 멈췄다. 문이 열리고, 직원 무리가 몰려 탔다. 나는 8층에서 일하는 방송작가였고 그들은 6층에서 일하는 전화상담원들이었다. 엘리베이터가 1층에 도착하면, 그들은 건물 구석으로 몰려가 담배를 피웠다. 지나가는 사람들도 나도 그들을 힐끔거렸다.

8층과 6층. 나와 그들은 하는 일이 비슷했다. 우리는 온종일 전화 통화를 했다. 방송작가인 나는 하이톤의 밝은 목소리와 친절한 웃음으로 무장한 채 수화기를 들었다. 공손히 네네, 하고 대답했고, 상대방의 이야기에 웃으며 맞장구를 쳤다. 전화상담원인 6층 그들 역시 친절하게 일할 테지만, 내가 본 그들이 "안녕하십니까, 고객님." 밝게 인사하는 모습은 도무지 상상할 수 없었다.

화장기 없는 무뚝뚝한 얼굴, 질끈 묶은 머리, 편한 옷차림에 단체로 맞춘 듯 똑같은 삼선 슬리퍼를 신고 있었다. 그리고 입이 거칠었다. 엘리베이터에 다른 사람들이 있어도 누군가의 욕을 했다.

슬며시 그들 무리를 지나가며 들은 이야기는 대부분 진상 고객에 관한 욕이었다. 그 대상은 시시때때로 변했다. 그만큼 진상 고객이 많다는 뜻이었다. 대체 하는 일이 얼마나 지독하기에. 일반인을 취재하는 나는 진상 취재원을 만나는 일은 드물었다. 물론 내 일에도 나름의 고충은 있었지만, 그들처럼 까칠하게 지내야 할 만큼이나 힘들지는 않았다. 그러다 문득 알아챘다. 그들은 모두 나보다도 훨씬 어렸다.

그러던 어느 날, 6층 상담원들 마음을 이해하게 된 사건이 있었다. 시작부터 최악인 날이었다. 방송에 나가기로 한 출연자가 돌연 출연을 취소했다. 그렇지만 코앞에 다가온 방송은 어떻게든 진행해야 했고, 나는 어떻게든 출연자를 섭외해야 했다.

방송작가들에게 아무리 비일비재한 일이라곤 하지만 막상 내게 닥치자 정신이 아찔했다. 대체할 출연자를 찾지 못하면, 그래서 혹시라도 전국에 방영되는 방송에 지장이 생긴다면. 그게 내 탓이라면.

그날 하루, 가까스로 친절하고 밝은 목소리를 유지하며 전화기가 달구어질 정도로 많은 통화를 했다. 하지만 밤 열한 시가 넘어가도록 성과가 없었다. 방송에도 생사를 가르는 골든타임이 있다면 바로 그날 밤이었다. 그때, 사무실 전화벨이 울렸다. 어쩌면 골든타임을 잡아줄 희망인지도 몰라. 나는 얼른 수화기를 들었다.

"야, ××년아! 너 사기꾼이지?" 외마디 욕설이 튀어나왔다. 몹시 흥분한 어르신이 호통을 치며 욕을 퍼부었다. 예상치 못한 상황에 가슴이 방망이질 치고 머리가 새하얘졌다. 너무 놀라 해명도 못 하고 어버버 말만 더듬었다. 한참 후, 어르신이 씩씩거리며 숨을 고르실 때야 나는 겨우 말씀드렸다.

"아… 뭔가 오해가 있으신 것 같은데요. 전 ○○ 프로그램을 담당하고 있는 방송작가예요."

"웃기지 마. 너 이거 보이스피싱이지? 02 찍힐 때부터 알아봤어. 이 산골짝에서 또 무슨 돈을 뜯어 가려고. 나쁜 것들!"

알고 보니 좀 전에 전화를 드렸던 할아버님이었다. 산골에 살고 있는 노부부를 취재하기 위해서 아들의 동의를 얻어 할아버님의 휴대폰으로 연락을 드렸다. 그런데 할아버님은 서울 지역번호 02로 시작되는 사무실 전화번호와 자신이 작가라고 말하는 여자를 보고는 보이스피싱 사기꾼으로 오해했던 것이다.

어찌 됐든 오해는 풀어야 했으므로, 자초지종을 설명했다. 하지만 할아버님은 내 말을 믿지 않고, 십여 분 동안 내게 욕만 퍼

붓다가 전화를 끊어버리셨다. 뚝. 수화기를 붙잡은 손이 벌벌벌 떨리고 있었다.

태어나서 처음이었다. 이토록 적나라한 욕설과 증오가 담긴 목소리를 고스란히 들어본 것은. 불과 십여 분 남짓한 짧은 시간이었지만 최악인 오늘 하루보다 몇 배는 더 고통스러운 순간이었다. 귀가 다 아팠다. 새빨개진 귓바퀴를 파고 들어간 나쁜 말들이 내 머릿속을 엉망으로 헤집고는 그대로 왈칵, 눈물이 되어 치솟을 것만 같았다. 심장이 쿵쿵 쿵쿵, 뒤통수가 싸늘하고 눈자위가 알싸하고. 할아버님의 사정이야 이해는 하지만 그래도…, 그냥 다 그만두고 싶어졌다.

지금 섭외 전화를 한다 한들 실례일 테고 아무것도 할 수 없었다. 일단 오늘은 집에 가자. 내일 아침부터 다시 전화를 하자. 젖은 솜마냥 축 처진 몸과 마음으로 짐을 챙겼다. 시계는 자정을 넘어가고 있었다.

8층에서 엘리베이터를 탔다. 8층, 7층, 그리고 6층. 여느 때처럼 6층에서 엘리베이터가 멈췄으면 좋겠다고 생각했다. 문이 열리고 6층 그들이 우르르 몰려 탔으면 좋겠다고. 이상하게도 그들의 거침없는 말들과 눈치 보지 않는 태도가 그리웠다.

초겨울 밤공기는 제법 쌀쌀했다. 나는 까만 공기를 들이마셨다. 그리고는 숨을 참아보았다. 그렇게 꾸욱, 오래 참았던 숨을 내쉬자 하얀 입김이 연기처럼 퍼져나갔다. 6층 상담원들의 담배 연기도 아마 이것이었을까.

멀고 아름다운 동네

원미동遠美洞은 '멀고 아름다운 동네'다. 토박이는 거의 없고, 곳곳에서 멀고 먼 길을 달려 희망을 품고 찾아온 사람들이 모여 사는 아름다운 동네다. 지금은 원미구가 되었지만 양귀자의 소설《원미동 사람들》의 배경이 되기도 했다. 대학교 입학 후, 꽤 오래 살았던 부천시 원미동.

서울과 경기도의 경계에 있고 인천과도 가까운 부천은, 내가 싫어하는 동네였다. 나는 지하철을 기다리면서 플랫폼 건너 조악한 복숭아 타일 벽화 가운데에 박힌, 때 묵은 표지판을 바라보았다. 부천富川. 시냇물이 부유한 곳. 온수溫水. 따뜻한 물이 흐르는 곳. 나는 지하철을 타고 많고 많은 시냇물 줄기가 흐르는 부천을 지나, 가장 따뜻한 물이 흐르는 온수에서 내렸다. 그리고 다시 가장 따뜻한 물줄기를 거슬러 돌아와, 많고 많은 냇물에 섞였다. 그리하여 '멀고 아름다운 동네' 원미동에 흘러들었다. 그러나 나는 아름답지 않았다.

첫 도시생활에 대한 기대가 지나치게 컸을지도. 한편 너무나 외로웠을지도. 아니면 맘씨 고약한 집주인을 몇 만나봤기 때문에. 혹은 유행가 소리가 밤새 시끄러운 유흥가 한복판 고시원에서 번쩍번쩍 창문에 번지는 네온 불빛을 멍청하게 쳐다보던 밤 때문일지도.

뒷골목 모텔촌에서 술 취한 여자 손을 잡아끌고 걸어가는 남자가 뻑뻑 피우던 담배 연기가 싫었고, 지저분한 선술집 밖으로 휘청휘청 튕겨 나오던 취객들의 꼬일 대로 꼬인 욕설도 싫었다. 카악, 내뱉은 가래침과 노상방뇨 오줌발이 쓰레기 더미에서 흘러나온 진물에 섞여들었다. 냄새나고 진득한 그 까만 길거리. 움츠린 어깨로 단단히 팔짱을 끼고 그 길을 걸어가던 밤들이. 몹시도 쓸쓸했다.

원미동을 떠나온 지 오래되었지만, 나는 자주 그곳을 생각했다. 아름다움과는 거리가 먼, 내 기억 속에서 가장 현실적인 곳. 이상하게도 힘들거나 지칠 때마다 무심하고 지저분한 그곳을 떠올렸다.

잊고 싶은 아버지의 기억처럼, 지우고픈 애송이 시절처럼, 숨기고 싶은 흉터처럼. 절대로 다시는 돌아가고 싶진 않지만, 어쩔 수 없이 돌아보는 쓸쓸한 나의 동네. 내게는 그런 동네가 있었다고. 멀고 아름다운 별처럼 반짝이고 싶었던, 하지만 그럴 수 없었던, 내게는 그런 동네가 있었다고.

우리들의 행복한 시간

모든 처음은 못생겼다. 멍청하고 얼빠졌고 아니꼽고 지질하다. 내 첫 연애도 그랬다. 이제는 가물가물한 그 연애의 기억을 더듬으면 겨우 한마디가 남는다. 나쁜 놈.

스물한 살 가을, 동아리 모임에서 처음 그를 만났다. 동아리 선배인 그는 제대를 앞둔 군인이었다. 야구 모자를 깊숙이 눌러 쓴 그의 차분하면서도 나른한 눈빛이 좋았다. 풋풋한 소년의 얼굴과 바닥까지 굴러다닌 군인 남자의 얼굴이 뒤섞여 있달까. 우리는 여러 번 눈이 마주쳤다.

다음 휴가를 나왔을 때, 우리는 극장에서 〈우리들의 행복한 시간〉을 보았다. 영화를 보고 난 후, 그가 책 한 권을 내밀었다. 영화 원작인 책 공지영의 《우리들의 행복한 시간》이었다. 세심한 배려가 나에겐 특별했다. 그 후로 편지를 주고받으며 많은 이야기를 나눴고, 그가 마지막 휴가를 나왔을 때, 우린 연인이었다.

그와 함께한 모든 것이 나에게는 처음이었다. 그와 처음으로 손을 잡아봤고, 처음으로 포옹을 해봤고, 처음으로 입맞춤을 해봤다. 그때 나에게 사랑은 감정이 아닌 감각이었다. 사람의 피부와 체온이 전하는 감각. 맨살에 와 닿는 가장 솔직한 느낌. 가볍고도 뜨거운 기분이었다. 훅 불면 두둥실 떠오르는 동그랗고 예쁜 열기구가 된 것처럼, 설레고 들뜬 나날을 지냈다.

이를테면 어떤 하루, 캠퍼스를 지나가는 남자들이 온통 그 사람이었다. 학관에서 걸어 나오는 그, 야구 모자를 쓴 그, 담배를 피우는 그, 친구들과 대화하는 그, 후드티를 입은 그, 백팩을 메고 뛰어가는 그. 나는 캠퍼스가 아울러 보이는 도서관 입구에 서 있다가 깜짝 놀라고 말았다. 모든 남자가 단 한 사람으로 보이는 이 신기한 현상을 대체 뭐라고 설명할 수 있을까. 나는 그렇게 그를 사랑했다. 그 겨울, 우리는 하루가 멀다 하고 만났다. 나는 일부러 장갑을 끼지 않았다. 추운 날에도 손을 맞잡고 종일 걸어 다녔다. 우리들의 행복한 시간. 그러나 그 시간은 오래가지 않았다.

겨울 방학을 앞둔 캠퍼스. 느티나무 아래에서 그가 손을 흔들었다. 환하게 웃고 있었다. 나도 힘차게 손을 흔들며 강의실로 뛰어갔다. 그 모습이 마지막이었다. 갑자기 그는 사라졌다. 영문을 알 수 없던 나는 온종일 휴대폰만 붙들고 살았다. 내내 메시지를 보내고 전화를 걸었지만 그의 휴대폰은 꺼져 있었다. 무슨 일이냐고, 연락이 안 된다고. 지인들이 나를 찾아와 그의 안부를 물었다.

모르겠어요. 내가 할 수 있는 말은 그뿐이었다. 왜 연락이 안 되는 걸까. 대체 어디로 사라진 걸까. 내가 무슨 잘못이라도 한 걸까. 그에게 사고라도 났으면 어쩌지. 하루에도 수십 번, 답답했다가 화가 났다가 걱정이 됐다가 가슴이 내려앉았다.

며칠 뒤, 발신 신호가 가기 시작했다. 다행히 사고가 난 건 아니구나, 안심은 되었지만 마음이 아팠다. 그는 전화를 받지 않았다. 음성메시지를 남겨도 답이 없었다. 나를 피하고 있다는 걸 알았다.

그가 없는 일주일이 마치 1년처럼 흘렀다. 발을 딛는 걸음 걸음, 눈이 닿는 곳곳에서 나는 그를 보았다. 버스 의자에 앉아 있는 그, 전화 통화를 하며 걸어가는 그, 다른 여자와 커피를 마시고 있는 그, 계단을 내려가는 그, 지하철 손잡이를 잡고 있는 그, 방금 내 어깨를 부딪치고 지나간 그. 일상 속의 모든 남자가 단 한 사람으로 보이는 간절한 현상이었다. 이 신기한 현상은 또, 뭐라고 설명할 수 있을까. 나는 그렇게 그를 사랑했다.

20여 일이 지나고 나는 그를 찾아가기로 결심했다. 더는 버틸 힘이 없었기 때문이다. 하지만 나는 그의 집도 몰랐다. 선배들에게 물어보는 건 도무지 자존심이 허락지 않았다. 여자 친구인 내가 소식은커녕, 정작 그의 집도 모른다니. 나는 무작정 그가 지하철을 타던 남영역을 찾아갔다. 다행히 남영역은 출구가 하나뿐이었다. 종일 여기에 서 있으면 그를 만날 수도 있겠지. 오늘 못 보면 며칠이고 기다려서 만나고야 말겠다고 생각했다.

영하의 겨울이었다. 나는 남영역 1번 출구 앞에서 떨면서 그를 기다렸다. 두 시간쯤 지나자 희끗희끗 눈이 내렸다. 다시 한 시간쯤 지났을 때, 거짓말처럼 그가 나타났다.

그는 웃고 있었다. 마치 어제 헤어진 사람처럼, 아무 일도 없었던 사람처럼 웃으면서 내게 걸어왔다. 막상 아무렇지도 않은 듯한 그와 마주치자 당황한 나머지 겨우 한다는 말이.

"잘 지냈어요?"

"응."

응, 이라니… 말문이 막혀버렸다. 그는 왜 이러고 있어? 하는 얼굴로 멀뚱히 나를 내려다보다가 저벅저벅 걸어갔다. 무작정 그를 따라갔다. 한참 동안 그의 뒤꿈치만 보며 따라 걸었다. 역사 밖에는 펑펑, 함박눈이 내리고 있었다. 이 상황은 대체 뭘까. 나는 무슨 말을 해야 할까.

그때 그가 횡단보도 앞에서 멈춰 섰다. 빨간 신호등이 반짝였고 신호가 바뀌기 전에 나는 무슨 말이라도 해야 한다고 생각했다. "무슨 일이에요? 왜 연락이 안 됐어요? 아팠어요? 사고라도 난 건 아닌지 걱정했어요. 내 메시지 받았어요? 내 전화는요? 혹시 내가 뭘 잘못했어요? 왜 그랬어요?" 추웠던 건지, 두려웠던 건지. 덜덜 떨면서 두서없는 말들을 쏟아냈다. 그러자 그가 말했다.

"신경 쓰기 싫어서."

단, 일곱 글자였다. 신호등은 파란불로 바뀌었지만 그는 건너지 않았다. 그제야 이 상황이 무엇인지 알 수 있었다. 이별의 순간이었다.

"알겠어요. 헤어져요."

나는 그 말을 조그맣게 내뱉고는 뒤돌아 도망쳤다. 아득했다. 당황과 분노와 슬픔과 자괴감과 충격과 배신감. 온갖 감정들이 뒤섞여 정신없이 내 등을 떠밀었다. 도망치는 나의 등 뒤로 하염없이 눈이 쏟아졌다.

인천행 전철을 탔다. 창밖은 깜깜했다. 퇴근길 지하철은 사람들로 가득했고, 모두 나를 흘끔거리고 있었다. 쌓인 눈이 녹아서 머리며 어깨며 온통 젖어 있던 나는 울고 있었다. 부끄러운 줄도 모르고 엉엉 울었다. 무서울 정도로 가슴 아파하며 내내 울었다.

집에 도착해서도 울다가 잠이 들었다. 그리고 겨우 일어나 거울 앞에 섰을 때, 또 울고 말았다. 거울에 비친 내 모습이 그렇게나 못생겨 보일 수가 없었다. 연인에게 희망 고문만 받다가 버려진 애, 첫 연애에서 실연당한 애, 멍청하고 얼빠지고 아니꼽고 지질한 애. 나는 애송이였다.

이별 후에도 나는 그의 생각만 했다. 그가 부디 잘 지내지 말았으면 좋겠다고 생각했다. 내가 슬프면 그도 똑같이 울고, 내가 아프면 그도 똑같이 열이 나고, 내가 추우면 그도 똑같이 떨었으면 좋겠다고 생각했다. 그가 하는 모든 일이 망하고, 만나는 모든 여자가 별로이길 바랐다. 솔직히 내 마음은 그랬다. 그럴 수만 있다면 평생, 그가 엉망으로 살았으면 좋겠다고 생각했다. 하지만 정작 엉망인 쪽은 나였다. 제대로 밥도 못 먹고 잠도 못 자고 그를 원망하며 꾸역꾸역 지냈다. 이렇게 아픈 게 사랑이라면 절대 다시는 하지 않을래.

그래도 시간은 흐르고 봄은 왔다. 그리고 나는 생각지도 못한 그의 메일을 받았다. "그때 내가 너를 잡지 못했던 건…"이라는 말로 시작하는 메일이었다. 편지 속에는 우수에 찬 비련의 남주인공이 있었다. 나와 헤어져야만 했던 이유를 구구절절 늘어놓은 편지. 그는 시답잖은 변명을 줄줄 읊으며 마지막까지도 자기밖에 몰랐다. 그런데 이상했다. 마치 반성문 같은 그의 편지를 읽으면서 내 마음이 풀리는 것이었다. 그는 멍청했고 얼빠졌고 아니꼽고 지질했다. 그도 애송이였다.

우리는 애송이였다. 너무 어렸고 처음이라서 사랑하는 법도, 헤어지는 법도 몰랐다. 그때 우리가 능숙하게 사랑하는 법을 알고 있었다면, 적당히 사랑하고 깨끗하게 헤어지는 법을 알고 있었다면, 그토록 지질하거나 아프지도 않았을 텐데…. 우리는 너무나 솔직하고 순진했던 바람에 엉망진창으로 사랑했다. 우습도록 지질했고 놀랍도록 아팠던 사랑의 기억. 우리의 첫 번째 연애이자, 첫 번째 실연이었다.

인간적인, 너무나 인간적인

스타카토 구두 소리가 사라진 밤. 군청색 밤하늘에 눈썹달 하나가 내걸리면 우뚝 솟은 마천루들은 오래 산 겨울나무처럼 높고도 삭막해서 그 네모, 네모, 외로운 윤곽이 푸르스름하게 빛났다. 밤의 빌딩 숲. 그곳으로 반딧불이들이 날아들었다.

형광 불빛을 반짝이는 심야택시들. 하향 등을 내리비추고 방향지시등을 깜박이며 천천히 브레이크를 밟았다. 그리고 막차가 떠난 버스환승센터와 가로수 길가로 조르르 내려앉았다.

새벽 두세 시가 넘어서 퇴근하곤 했다. 나는 낯선 행성 같은 거리로 나와 밤공기를 들이마시며 텅텅 울리는 보도블록을 밟고서 홀로 빌딩 숲길을 걸었다. 그럼 저 멀리 빛무리가 반짝반짝 빛났다. 손을 내밀고 심야택시 하나를 잡아탔다. 그리하여 운 좋은 반딧불이는 미련 없이 빌딩 숲을 떠났다.

서울 여의도에서 인천 부평까지. 아주 반가운 손님이었다. 나는 심야할증에 지역할증까지 붙는 얌전한 아가씨 승객이었고,

택시는 답답한 시내를 벗어나 밤의 도로를 맘껏 달릴 수 있었다.

새벽까지 일을 마친 나와 아직도 영업 중인 택시 기사님은 닮은 구석이 있었다. 우린 너무 오래 깨어 있었다. 흐리멍덩한 졸음을 참아내며 태연한 피로를 어깨에 짊어지고 가죽 쿠션 위에 기댄 채, 그 순간에도 어딘가로 달려가고 있었다. 꿈속을 달리는 기분이었다. 온몸의 회로가 느릿해지고 시간 감각이 모호해진 탓에, 밤안개 자욱한 궂은 날이면 정말로 내가 꿈을 꾸고 있는 걸까. 기분이 묘했다.

은색 방음벽이 성벽처럼 쳐진 도로, 그 위로 머리만 쏙 빼든 가로등이 우리를 비추었다. 심야택시는 야간 스케이트장을 누비듯, 부드럽고도 매끄럽게 바퀴를 달렸다. 눈송이 같은 동그란 빛이 휙휙 지나갔다. 서울에서 이렇게 우아한 드라이브를 누릴 수 있는 시간은 지금이 유일할지도 몰라.

무거운 눈꺼풀을 깜박거리며 창밖을 바라보았다. 양화대교를 중심으로, 피곤한 빛을 머금은 한강과 세련된 도시 서울이 데칼코마니처럼 찍혀 있었다. 그렇게 밤을 넘어 새벽으로. 라디오는 택시 안에 버려둔 귀뚜라미처럼 나른한 노래를 불렀다.

모두가 잠든 밤, 나는 낯선 곳을 헤매는 여행자가 된 기분이었다. 물론 현실에선 주머니 가벼운 작가였고, 그런데도 해야 할 일은 많아서 울며 겨자 먹기로 심야택시를 타야 하는 노동자였지만, 그래도 나는 심야택시를 꽤 좋아했다.

그날도 인천행을 외치며 심야택시에 올라탔다. "피곤하시죠? 제가 인천까지 편안히 모시겠습니다!" 예상치 못한 한낮의 목소리에 졸음이 달아나버렸다. 생기 넘치는 기사님이셨다. 환한 미소에 가지런히 빗어 넘긴 2대 8 헤어스타일, 단추를 목까지 단정하게 채운 셔츠 차림에 양손엔 흰 장갑까지. 밤이라서 선글라스를 쓰지 못하는 게 안타까울 정도로 심야택시와는 어울리지 않는 경쾌한 기사님이셨다.

이 경쾌한 기사님은 내게 이것저것 말을 건넸다. 말솜씨도 어찌나 수려하신지, 덕분에 몇 번이나 웃음을 터뜨렸다. 우리는 룸미러로 눈을 마주치고 웃었다. 그런데 기사님 이마에 하얀 반창고가 보였다.

"어디 다치셨어요?"
"취객한테 맞았어요."

뉴스에서나 보았던 묻지 마 폭행이었다. 기사님은 작년부터 세 번이나 취객들에게 묻지 마 폭행을 당했다고 했다. 운전 중에 느닷없이 뒤통수로 날아든 주먹, 도착한 장소에서 깨웠다고 얼굴로 날아든 주먹. 그리고 한 달 전에는 큰아들 또래의 젊은 남자에게 폭행을 당했다고 했다.

“젊은 양반이 택시를 세웠어요. 운전석 창문을 내리라고 손짓을 하더라고요. 나는 목적지를 알려주려나 보다 해서 창문을 내렸지. 그런데 별안간 창문 너머로 주먹이 날아들더라고. 막을 새도 없었어요. 얼굴을 맞으니까 아주 별이 번쩍해. 내가 정신이 없는 거야. 창문을 올릴 생각은 못 하고 냅다 팔로 막았어요. 젊은 양반이 욕을 하면서 주먹질을 해대는데 아이쿠, 이러다간 죽겠다 싶어서 액셀을 밟았어요. 지금 생각해도 아찔해. 근데 그때는 일단 내가 살아야겠더라고. 교통사고라도 안 난 게 천만다행이죠.”

“왜 그랬대요?”

“몰라요. 경찰서에서는 술에 취해서 아무것도 생각이 안 난다고만 진술하니까. 자기가 스트레스를 너무 많이 받아서 미쳤었나 보다. 죄송하다. 그 말만 하지 뭐. 결국엔 합의금으로 해결했어요. 이게 소송으로 이어지면 더 골치가 아프거든. 시간 버리고 돈 버리고. 그냥 돈 받고 마는 거지. 억울해도 어쩔 수 없어요. 나도 먹고살아야 하니까. 이마 찢어진 건 괜찮은데, 오른팔 인대에 문제가 생긴 바람에 한 달이나 깁스를 했어요. 그동안 운전을 아예 못 했죠. 택시 기사는 제 몸뚱이가 재산인데."

"돈이 뭔지… 참 힘드네요."

"그렇죠, 뭐. 합의금으로 한 달 겨우 버티고는 다시 돈 벌러 나왔어요. 그게 오늘이야. 아가씨가 첫 손님이라우. 다행이죠. 이렇게 고운 손님을 모셨으니까. 이 시간엔 죄다 술 취한 사람들이에요. 아우, 난 이제 술 냄새만 맡아도 머리가 쭈뼛 서고 심장이 쿵쿵 뛴다니까."

"가족들이 걱정이 많으시겠어요."

"자식 놈들은 그래요. '아부지, 이제 밤에는 운전하지 마세요.' 근데 심야를 안 뛰면 돈을 벌 수가 없어요. 이 시간에 바짝 벌어야 겨우 눈곱이나 뗄 수 있다우. 게다가 이제 아들놈들 줄줄이 대학교 졸업시켜야 하는데, 내가 쉴 수가 있나. 벌어야 사는 거지 뭐. 아무튼 나는 술 취한 사람들이 제일 싫어. 아주 질색이야."

기사님은 울컥하셨는지 잠시 말이 없으셨다. 그놈의 밥벌이가 뭔지. 나 역시 꼬박 내 돈으로 택시비를 지불하면서도 늦게까지 일해야만 벌어먹는 삶을 사는지라 아무 말도 할 수 없었다. 그나마 지금도 우리가 네 바퀴로 달리고 있다는 게 작은 위안이 되었다. 집에 가까워졌을 때, 기사님이 말씀하셨다.

"아가씨, 내가 제일 아픈 게 뭔지 알아요? 젊은 놈한테 이유 없이 얻어맞고 피가 철철 나도 많이 아픈 줄 몰랐거든. 근데… 자존심이 아픕디다."

우리의 대화는 여기가 끝이었다. 잠시 어색한 침묵이 흘렀지만 다행히 바로 집 앞이었다. 나는 카드로 택시비를 결제했다. 기사님은 입을 꾹 다문 채 굳은 얼굴로 정면만 응시했다. 괜히 내가 아픈 일을 들춰서 마음을 힘들게 한 건 아닌지 죄송했다.

"안전운전하세요."
"미안해요."

네? 미안하다니? 내가 의아한 얼굴로 서 있는 동안, 택시는 새초롬히 떠나버렸다. 곧 카드 승인 메시지가 날아왔고, 그제야 말 뜻을 알게 되었다. 바가지를 쓴 것이다. 택시 요금에 정확히 만 원이 더해진 숫자가 찍혀 있었다. 날아가버린 반딧불이는 도시의 숲으로 다시 숨었다. 하지만 나는 찾을 생각도 화낼 생각도 들지 않았다. 그저 헛헛하게 웃고 말았다. 어째서인지 미워하는 마음은 들지 않았다. 착하지 않은 심야택시. 도란도란 이야기 나누던 아가씨 승객에게 바가지를 씌운 택시기사. 아픈 곳은 자존심뿐이라 미안하단 말을 남기고 떠난 아버지.

'흐유, 돈이란 게 대체 뭇이간디….'*

룸미러에 비춰 보였던 택시기사의 얼굴이 어른거렸다. 인간적인, 너무나 인간적인 아버지의 얼굴이었다. 택시가 사라진 회색 도로를 바라보다가 뒤돌아 걸었다.

아버지들은 오늘도 출근한다. 모두가 잠든 밤, 보이지 않는 어둔 곳에는 치열하게 살아가는 아버지들이 있다. 녹록지 않은 돈벌이의 시간, 꿈이 아닌 현실을 살아가는 그들의 자존심이 아프지 않기를 바랐다. 그렇게 밤을 넘어 새벽으로. 나는 꿈같은 시간을 헤치고 현실로 돌아갔다.

* '흐유, 돈이란 게 대체 뭇이간디….'는 임철우의 단편소설 〈사평역〉에 나오는 '흐유, 산다는 게 대체 뭇이간디….'를 변형한 표현입니다.

우리는 이렇게 살아가고 있었다

글을 쓰면서 나는 혼자가 되었다. 글을 쓰는 일은 온전히 혼자만의 일, 저절로 말이 줄었다. 생각하고 생각하고 생각하다가 글로 이야기하는 작업을 사랑하게 되었다.

어떤 이야기를 쓸까. 고민하다가 자연스럽게 내 과거를 더듬게 됐다. 이해보단 오해가 많았던 날들이었다. 되돌아보니 나는 부끄럽고 못된 얼굴을 하고 있었다. 그래서일까. 내가 상처 주고 아프게 한 사람들이 종종 꿈에 나왔고, 되돌린 순 없지만 혼자라도 그들에게 사과했다. 한편 잘못은 저질렀지만, 그래서 인간적이었고 가여웠던 그 시절의 나도 안아주었다.

사람이 궁금해졌다. 자주 밖에 나가서 사람들을 관찰했다. 터미널과 지하철 역사 안에 가만히 앉아 있다 보면 겹겹이 껴입은 외투 안의 삶이 궁금해지는 사람들이 나타났다. 사람들을 관찰했다가 캐리커처를 하듯, 짤막한 단어와 문장들로 기록해두곤 했다. 사람의 얼굴과 몸짓, 사람과 사람이 부딪쳤을 때 일어나는 어떤 장면들. 정말 별거 아닌데도 사소하고 뭉클한 순간들이, 너무도 자연스럽게 펼쳐졌다. 이를테면 이런 장면들.

고장 난 에스컬레이터를 고치는 작업자 콤비는, 에스컬레이터 양쪽 손잡이에 각자의 남색 외투를 나란히 걸어두었다. 한 사람은 아기처럼 한 다리를 뻗고 털썩 앉아서 드라이버를 돌렸고, 또 한 사람은 그보다 한 칸 더 내려가 한쪽 무릎을 꿇고서 쇠붙이를 뜯어내고 있었다. 그들 앞엔 팻말 하나가 붙어 있었다. "조금 늦더라도 제대로 고치겠습니다."

크리스마스를 앞둔 역사에는 구세군 종소리가 울려 퍼졌다. 사람들 사이로 호피 무늬 가방을 멘 남자가 절뚝거리며 걸었다. 그는 오른쪽 바지 주머니에서 힘겹게 무언가를 꺼냈다. 구겨진 천 원 한 장이었다. 그것을 구세군 자선냄비에 넣었다. 지나가는 사람은 많았지만, 선의를 베푼 건 그 하나뿐이었다.

사람들은 이렇게 살아가고 있었다. 아무도 주목하지 않는 진짜 사람들은 이렇게나 무심하게 움직이고 있었다. 책상 앞에선 상상해낼 수 없는, 책상 밖의 풍경은 그랬다.

무주행 버스

신기한 일도 다 있지. 버스 안에 젊은이라곤 나밖에 없었다. 전부 색색의 파카를 입고 짐 보따리를 껴안은 노인들이었다. 내 옆자리에는 노부부가 앉았다.

슬몃 잠이 들었다가 눈을 떴을 때, 옆자리 노부부가 무언가 열심히 읽고 있었다. 노인들이 희고 빳빳한 종이를 읽는 모습이 낯설어서 자꾸만 눈길이 갔다. 종이는 편지였다. 연한 핑크색 하트와 꽃문양이 새겨진 편지지에 커다랗고 삐뚤빼뚤한 글씨가 쓰여 있었다. 손주들의 편지일까.

편지를 집어 든 주름진 손, 좀처럼 깜박임이 없는 잔잔한 눈빛, 부드럽게 올라갔다가 휘어지는 입꼬리, 편지를 읽는 노부부의 모습은 무척 인상 깊었다.

노부부는 오랫동안 편지를 읽었다. 다 읽은 편지는 서로 바꿔 다시 읽었다. 때마침 이어폰에서는 산울림의 〈청춘〉이 흘러나오고 있었고, 나는 그 노래를 배경음악 삼아 노부부의 모습을 간직하고 싶었다.

삼척행 버스

서울을 벗어나기 전, 바로 뒷좌석에서 할머니의 전화통화 소리가 들렸다. "으응. 다행이래. 큰 병 아니라 하더라. 응응. 걱정 안 해도 된다. 야야, 전화해줘서 고맙다. 으응. 푹 좀 쉬고 돈 벌러 가."

하하. 웃음소리가 끊어지고 부스럭거리는 소리가 들리고 할머니는 창문 커튼을 걷어 젖혔다. 그리고 정적이 이어졌다. 나는 의자에 비스듬히 기대어 창문을 바라보았다. 창문 표면에 반사된 할머니의 얼굴, 할머니는 쓸쓸한 듯 덤덤한 눈길로 창밖을 바라보고 있었다.

자동차와 건물들이 빽빽한 도시 풍경과 그걸 바라보는 할머니의 얼굴이 투명하게 겹쳐졌다. 마치 필름 두 장이 겹쳐져 잘못 인화된 사진 같달까. 그런데 그게 이상하게 뭉클해서, 마음속 사진으로 찰칵, 찍어 남겨두고 싶었다.

지하철 풍경

지하철에는 사람이 많았다. 한 아주머니가 양손에 짐을 들고 탔다. 그러자 앳된 얼굴의 여자애가 일어나 자리를 양보했다. "아니야, 괜찮아." 손사래를 치는 아주머니 팔을 여자애가 잡아끌며 말했다. "짐 많으시잖아요. 앉으세요." 엉거주춤 자리에 앉은 아주머니는 머쓱한 듯 눈을 감으셨다. 여자애는 책을 꺼내 들었다.

두어 개의 역을 지나고 당산역, 지하철이 한산해졌다. 아주머니의 옆자리가 비었다. 그러자 이번엔 아주머니가 여자애의 손을 잡아끌고 옆자리에 앉히셨다. 둘은 잠시 눈을 마주치고 어색하게 웃었다. 그리곤 정면을 바라보았다. 마침 철교를 지나는 지하철 창밖으로 한강이 펼쳐졌다. 겨울빛은 따뜻했다.

환승역으로 가는 에스컬레이터, 시각장애인 노인이 막대기를 툭툭 움직이고 있었다. 코앞에 서 있지만, 에스컬레이터에 발을 디딜 박자를 몰랐다. 마침 나는 그걸 타야 했기에 노인에게 다가갔다. 갑자기 놀라지 않도록 낮은 목소리로 말했다. "할아버지, 좀 더 오른쪽이요. 네, 거기요. 어깨를 좀 잡을게요." 노인의 어깨를 잡고 에스컬레이터에 발을 딛도록 도왔다. "땅에 닿을 때까지 서 계시면 돼요."

노인은 입을 꾹 다문 채 아무 말도 하지 않았다. 화난 듯한 얼굴엔 뚝뚝함이 묻어났다. 눈과 함께 입도 마음도 굳게 닫아버린 걸까. 더 도와드리면 마음을 상하게 할 것 같아서, 먼저 내려가 노인을 살폈다. 다행히 무사히 내려와 앞을 더듬어 걸어가는 노인. 나도 가던 길을 향했다. 타인의 도움은 여기까지가 충분하다고 생각했다.

그대로 지하철 역사 안을 걸었다. 지나가는 사람들, 서성이는 사람들, 누군가를 기다리는 사람들, 무언가를 파는 사람들, 멍하니 서 있는 사람들. 사람들을 바라보는데 묘한 기분이 들었다. 이들도 저마다의 사연과 삶이 있겠지. 모두가 착하지 않아도, 모두가 친절하지 않아도 괜찮았다. 꼭 보이는 얼굴이 전부는 아니니까. 무표정으로 종종걸음을 걸으며, 적당한 거리를 유지한 채 서로 스쳐 가는 타인들에게 나는 무한한 애정을 느꼈다. 경이로움도 함께.

아마도 우린 이렇게 우주를 만드는 걸까. 혼자라도 좋았다. 무수한 사람들 속에 포함된 하찮은 존재라도 좋았다. 나는 작고 작은 우주 알갱이가 되어 두둥실, 무중력으로 걷는 기분이 들었다. 글을 쓰기 시작하고 나서는 이런 기분을 거의 매일 느끼고 있다. 감사한 일이다.

긴긴 미움이 다다른 마음

부양기피 사유서. 지금껏 아버지에 관해 솔직하게 쓴 글은 한 장의 문서밖에 없다. 아버지의 부양을 기피하는 사유를 쓸 수 있는 칸은 A4 용지 반 페이지에 불과했다. 나는 7포인트 크기 정도의 글자로 칸을 까맣게 채웠다. "나는 아버지의 부양을 거부합니다."로 시작되는 글에는 술과 칼과 망치와 카메라라는 낱말들이 담겼다. 평생 누구에게나 말하고 싶었지만 아무에게도 말할 수 없었던, 내 상처 전부를 담을 수 있는 칸은 겨우 그만큼이었다. 미워한다는 말은 쓰지 못했다. 여전히 무섭다고만 썼다. 내가 어디에 살고 있는지 아버지가 모르게 해달라고도 당부했다. 그럼에도 불구하고 그가 정부에서 돈을 받으며 인간적인 삶을 살아가길 바랐다. 내가 부양기피 사유서를 제출했기에 아버지는 기초생활수급비를 받았다. 스물여덟의 일이었다.

어느 날, 아버지의 지인이라는 사람에게서 연락이 왔다. 남자는 우연히 내 글을 읽었다며 아버지와 나를 만나게 해주겠다고 했다. 어쨌든 당신 아버지니까. 시간이 많이 지났으니 이제는 용서해야 하지 않겠냐고 말했다. 나는 그에게 당신이 얼마나 무례한 참견을 한 것인지 아느냐며 뜨거운 마음으로 차갑게 회신하고, 그를 차단했다. 그런 사람들은 언제나 있었다. 가족이니까. 시간이 지났으니까. 미워하면 닮아간다더라. 그러니 용서해라. 용서해라. 네가 용서해라. 나는 모르는 사람들이 나를 다 아는 것처럼 굴며 용서하라고 말했다. 그런 말들에 나는 모멸감과 죄책감을 느꼈다.

지난해, 우연히 아버지 소식을 전해 들었다. 그는 몸이 조금 불편해졌고 이제야 자신의 병을 인정했으며 종교에 몰두하여 지난 과거는 지우고 새 사람처럼 살고 있었다. 삶을 활활 불태우고 괴롭히던 무언가를 퉤, 뱉어내고선 평온해진 사람처럼 보였다. 아버지가 썼다는 글을 읽었다. 글에서 그는 한 번도 누군가를 괴롭힌 적 없는 선량한 사람이었다. 그 글을 읽으며 나는 내 안에 무언가 무너지는 걸 느꼈다.

영화 〈밀양〉에는 종교에 의지한 신애가 자기 아들을 살해한 살인범을 용서하려고 용기 내어 찾아가는 장면이 있다. 그러나 살인범은 평온한 얼굴이었다. 자신은 눈물로 회개했고 신께 용서를 받았다고, 마음에 평화를 얻었다고 말한다. 이미 용서를 받았다는 그에게 신애는 용서를 해줄 수조차 없는 사람이 된다. 신애는 아무 말도 하지 못하고 돌아선다. 신애의 삶은 무너져버린다.

나는 자주 그 장면을 생각했다. 미움이란 뭘까. 고통이란 뭘까. 믿음이란 뭘까. 용서란 뭘까. 연민이란 뭘까. 사랑이란 뭘까.

생의 절반을 아버지와 살았고, 생의 절반을 아버지와 살지 않았다. 아버지와 살지 않는 시간에도 나는 늙어갈 두 명의 아버지를 상상했다. 한 명의 아버지는 여전히 술 냄새를 풍기며 내가 일군 가족과 집을 언제라도 부술 수 있는 무서운 사람. 또 한 명의 아버지는 미안하다고 울며 용서를 구하는 늙고 초라한 사람이었다. 언젠가 아버지가 용서를 구하는 날이 온다면 나는 어떡해야 할지 상상했다. 모두 싫었다. 그런 날이 오지 않기를 간절히 바랐다. 그러나 어느 상상과도 다르게 아버지는 선량하고 평온하게 살아가고 있었다. 그는 스스로 용서를 찾은 걸까. 아니면 신이 그를 용서해준 걸까. 상처가 깊이 패인 언저리에는 용서를 강요하는 타인들과 용서조차 구하지 않는 가해자, 그리고 용서할 수조차 없는 피해자가 있다. 용서라는 말이 나에게는 부조리하게 느껴진다.

견딜 수 없을 때마다 무언갈 썼다. 말할 수 없기에 쓰는 일에 몰두했다. 나만의 언어를, 나만의 이야기를 가지고 싶었다. 그게 아니면 자꾸만 사사로운 미움이, 알 수 없는 미움이, 압도적인 미움이 나를 휘감고 조여왔다. 나를 아무 데나 질질 끌고 다니며 고통스럽게 만들었다. 생의 절반이 어둠에 잠겨 있던 사람은 어떤 글을 쓸 수 있을까. 아이러니하게도 나는 따뜻했던 이야기를 썼다. 그럼에도 반짝이는 기억들을 썼다.

"고난이 많았기에 즐거운 이야기를 쓴다." 루이자 메이 올컷의 말을 끌어안는다. 절망과 아픔과 미움에 관해서 나는 아주 짙고 깊은 어둠까지도 이야기할 수 있다. 그러나 나는 그 틈새의 삶, 이를테면 어두운 틈으로 새어든 한 줄기 빛과 같은 순간을 놓치지 않고 이야기하고 싶다. 모든 이야기가 절망에서 끝나버리지 않도록, 잠시나마 손바닥에 머무는 조금의 온기 같은 이야기를, 울더라도 씩씩하게 쓰고 싶다. 그런 글이 필요했다. 누구보다도 나에게 그런 글이 필요했다. 나는 이야기를 쓰며 위로하고 위로받았다. 사람을 사랑할 수 있었다.

오래된 습관이 있다. 불 꺼진 밤, 나는 오른 손바닥을 귀에 대고서 가만히 숨을 골랐다. 아무 소리도 듣고 싶지 않아 귀를 막는 것이 아니었다. 어떤 소리라도 듣고 싶어서 귀를 기울였다. 가만히 귀를 기울이면 손바닥 오목한 데에서 소리가 들렸다. 어둠 속에서 홀로 모은 말들이었다. 언젠가 아버지에게 들려주고 싶었다. 아버지. 나는 당신을 용서할 수조차 없는 사람이 되었으나, 나는 나의 말을 쓸 수 있는 사람이 되었다고.

나는 아버지를 미워한다. 영원히 아버지를 미워할 것이다.

내 마음의 총량이 백이라면, 한 사람을 미워하는 만큼 아흔아홉 사람을 사랑할 것이다. 한 사람이 미워질 때마다 아흔아홉 번의 위로의 노래를 부를 것이다. 안아주는 말들을 속삭이면서. 그렇게 나와 같은 사람들을 돌보겠다고. 나의 긴긴 미움이 다다른 마음이었다.

부양기피 사유서를 적어 보내고 지하철을 탔다. 열일곱 정거장을 지나면 아버지가 살고 있다는 동네였다. 그 지역 관할 구청에서 보내온 문서로, 나는 그가 생각보다 가까운 곳에 산다는 걸 알게 되었다. 한 사람이 너무 미웠다. 견딜 수 없이 미워서 터질 것 같은 미움을 껴안고 미움으로 달려갔다. 지하철에 몸을 실었다. 문이 열리고 문이 닫혔다. 사람들이 타고 내렸다. 나는 아버지와 닮은 남자들을 보았다. 초로의 남자, 추레한 남자, 무례한 남자, 취한 남자, 아픈 남자, 자는 남자, 화난 남자, 미친 남자. 아버지는 어떻게 늙었을까. 아버지가 사는 역과 가까워질수록 멀미가 났다. 그때 옆자리에 앉은 남자가 지도를 내밀며 물었다. 저기요. 선량하게 나이 든 목소리였다.

여기로 가려면 이 길이 맞습니까?

잘 모르겠어요.

아버지가 사는 역에 정차했다. 문이 열렸다. 아무도 타지 않았다. 나는 내리지 않았다. 문이 닫혔다. 지하철은 지상으로 연결된 철교를 건넜다. 창으로 햇빛이 쏟아졌다. 먹먹해진 눈을 감았다. 나는 이 빛을 알고 있었다. 빛은 조용하지. 아름답지. 따뜻하지. 다른 바람은 없었다. 나는 내 몫의 삶을 살아보고 싶었다.

이야기 　　고수리

주먹을 쥐어보렴 연필은 가로로 손가락 사이에 엇갈려 끼우고 작은 손을 지그시 짓누르며 당신은 연필은 부러지지 않고 주먹은 쥐어지지 않아 내 아버지가 가르쳐 주었단다 주먹은 쥐어지지 않아 쥐어지지 않는 주먹 안에 나는 말들을 모았지 연필 끝을 씹으면서 피맛 같은 것을 빨면서 아버지 주먹을 펴 보세요 연필은 부러지지 않고 손가락은 부러지지 않았어요 그만 주먹 좀 펴 보세요 여기 손바닥 오목한 데에 귀를 기울이면

부서지는 무너지고 태어나는

꿈에 카메라를 가져갔어

에필로그

꿈에 카메라를 가져올걸. 그런 제목의 노래가 있다. 경쾌하고 몽환적인 멜로디 끝에 "꿈에 카메라를 가져올걸." 하고 속삭이는 가사가 노래의 전부다. 나에게는 이 노래가 조금 특별하게 느껴지는데, 오랫동안 카메라 뷰파인더를 응시하며 사람을 만나고 세상을 보았기 때문이다. 지나간 내 꿈에 카메라를 가져간다면, 찍어오고 싶은 꿈의 장면이 있다.

막연히 작가가 되고 싶어서, 그간 쌓아온 경력을 그만두고 방송작가가 되었다. 스무 살부터 내내 카메라를 들고 다니며 대학 언론 피디로 일했고, 신문사와 광고회사에서 피디 경력을 쌓아 왔던 사람이 갑자기 경력과 봉급을 모두 포기하고 방송작가로 전향한 것이다. 계획된 미래는 아니었다. 정말 간절한 꿈은 너무 멀고 대단해 보여서 쉽게 말하지 못하듯이 조용히 품어온 나의 오랜 꿈은 작가였다. 그래도 할 줄 아는 일이 방송일이니 방송작가부터 다시 시작하고 싶었다.

우연히 〈인간극장〉에서 취재작가로 일을 시작했다. 겪어보니 방송작가는 글을 쓰는 작가는 아니었다. 아이템을 찾고 사람을 취재하고 장면을 구성하고 이야기 전달을 돕는 내레이션을 쓰는 작가, 그러니까 한마디로 사람의 이야기를 만드는 작가였다. 취재작가로 일하면서 사람들을 많이 만났다. 그런데 조금 다른 방식으로 만났다. 매일 전화를 걸어 대화를 나눴다. 나를 소개하고 안부를 묻고 일상을 나누고 살아온 이야기를 들었다. 매일 카메라로 찍어온 영상으로 사람을 보았다. 일어나 출근하고 일하고 대화하고 움직이는 사람들의 사는 현장을 대본으로 옮기는 작업을 했다. 전화기에 의지해 누군가의 이야기를 듣고, 카메라를 통해 누군가의 일상을 지켜본다는 건, 뭐랄까. 순전하게 그 사람을 믿어주는 일이었다. 한 사람을 찍는 카메라는 그 사람의 편이라서 그 사람의 얼굴과 말, 표정과 몸짓 모두 애정을 담아 바라보게 했다. 나는 만나본 적 없이 사람들을 만났다.

그러나 취재 일을 하면서 깨달았다. 내가 사람 보는 눈이 없다는 걸. 타인의 마음을 가늠하는 일, 타인의 이야기를 발견하는 일이 너무 어려웠다. 확신했던 사람에게 허울뿐인 위선적인 면을 발견하거나, 알수록 무례하고 오만한 사람을 마주할 때면 어김없이 실망하고 자책했다. 그건 사회생활과 인간관계에서도 마찬가지였다. 사람이 제일 어려웠다. 어째서 나는 사람 보는 눈이 없는 걸까. 다큐 경력이 오랜 선배 피디에게 물었다.

"저는 사람 보는 눈이 없는 것 같아요. 어쩌죠?"

"지금 너는 사람 보는 눈이 없는 게 맞아. 너만 보고 있으니까."

그는 말했다.

"그런데 그래야만 해. 그때는 나를 먼저 제대로 봐야 해. 돌아보면 나도 20대에는 치열하게 나에 관해 생각하느라 주위를 살펴볼 여력이 없었어. 나만 보고 있으니까, 누구를 만나도 자꾸 실패하는 거야. 그러다 서른, 마흔이 되고 나니 한 걸음 물러서서 다른 사람이 보이기 시작하더라. 관계도 일도 마찬가지야. 그래도 걱정할 것 없다. 내가 어떤 사람인지, 어떤 일을 하고 싶은지, 어떤 사람을 만나고 싶은지, 어떤 삶을 살고 싶은지. 나에 대해 깊이 생각하고 파악하고 나면 다른 것들이 선명하게 보여. 여러 번 실패해봐야 진짜가 보여. 너무 서두르지 마."

그로부터 10년이 지나 서른 중반이 된 지금에야 이 말의 의미를 선명히 알 것 같다. 비단 사람 보는 눈뿐일까. 사랑 보는 눈, 꿈 보는 눈, 삶 보는 눈 모두가 그렇다는 걸. 나를 먼저 제대로 마주 본 후에야 다른 것들이 보인다.

〈인간극장〉에서는 5부작 다큐 미니시리즈를 만들기 위해 한 사람의 일상을 6,000분 동안 찍었다. 취재작가는 취재원과 아이템을 관리하며 짧게는 한 달, 길게는 서너 달까지 사전 취재를 했다. 출연자들의 모습을 자연스럽게 끌어내기 위해서 피디와 촬영감독은 20여 일 동안 출연자와 함께 지내며 영상을 찍었고, 메인작가와 취재작가는 6,000분의 영상을 확인하고 프리뷰하며 일상의 기록에서 씬들을 찾아 구성했다. 전문 방송인이 아닌 보통 사람의 감정과 삶을 다루는 일은 언제나 조심스럽고 진지했다. 자칫 작은 실수로 한 사람에 대한 이해가 오해로 변해버릴 수 있기 때문이었다.

취재작가로 1년 반을 일했다. 입봉을 앞두고 마지막 프로그램을 만들었다. 막판 편집 기간 일주일은 사무실이 도서관처럼 고요했다. 담당피디와 메인작가는 편집실에 틀어박혀 나오지 않았다. 방대한 영상기록을 뒤져가며 한 컷 한 컷 붙였다 잘랐다, 하루가 지나도 어제 그 자리 그 자세, 핼쑥한 얼굴로 커피 한잔만, 부탁하는 모습이 며칠을 갔다. 편집 마지막 날, 담당피디와 메인작가가 편집실로 나를 불렀다.

어두운 편집실에는 엄청난 피로와 긴장이 감돌았다. 나도 일주일 동안 쪽잠을 잔 터라 너무 졸렸다. 깜빡하면 잠들어버릴 것 같아서 그냥 서 있겠다고 말했다. 편집기에 눈을 고정한 피디의 담배 한 개비가 피우지도 않은 채 타들어 갔다. 나란히 편집기 모니터를 바라보는 메인작가의 커피도 그대로 식어갔다. 그리고 컷. 어때? 그럼 이 의도를 살릴 수가 없어. 다시. 오케이. 이런 대화들이 오갔다. 숨죽여 보고만 있는데도 입술이 바짝 말랐다. 나는 벽처럼 가만히 서서 선배들이 일하는 모습을 지켜보았다.

"여기가 가장 중요한 장면이야. 고 작가, 어떻게 붙일까?"

갑자기 두 사람이 나를 돌아보며 물었다. 나는 갑작스러운 주목에 얼굴이 달아올랐다. 제가요? 응. 네가 하자는 대로 할게. 나는 마른침을 삼켰다.

평생 수의를 짓던 팔순의 어머니가 있었다. 어머니는 몹시 아끼던 아들을 제 손으로 지은 수의를 입혀서 먼저 떠나보냈다. 그 죽음이 가슴에 맺혀서, 한 번도 아들의 묘에 찾아가지 않았다. 피디와 촬영감독이 묘소를 찾아 주변을 정리하고 예를 드리고 돌아온 날, 어머니는 겉절이를 담그고 있었다. 아들뻘인 피디와 촬영감독에게 먹어보라며 겉절이를 내밀었다. 한 번도 살가운 적 없었던 무뚝뚝한 출연자였다. 피디와 촬영감독은 얼떨떨하게 어머니가 내민 겉절이를 받아먹었다. 흔들렸지만 카메라는 그 장면을 찍었다. 슬픔과 고마움이 묘하게 뒤섞인 얼굴과 몸짓으로, 어머니가 마음을 여는 장면이었다.

"잘은 모르지만요. 저는 이 장면은 좀 더 지켜보다가 줌 되기 전에 컷했으면 좋겠어요. 카메라는 떨리지만 그냥 담담하게 보여주면 어떨까요."

그래 볼까. 피디가 내 말대로 영상을 붙이고 잘랐다. 편집된 영상을 재생했다. 겨우 몇 초의 순간이 길게 느껴졌다. 메인작가가 말했다.

"잘했어. 가장 좋은 순간에는 그저 지켜보는 게 좋아. 감정이 드러나는 얼굴을 쉽게 클로즈업하지는 말자. 카메라는 찍히는 사람의 편이 되어야 해. 표정 말고도 많은 것들이 이야기를 하고 있어. 그걸 볼 줄 알아야 해."

편집기로 다시 시선을 돌린 메인작가는 이어서 툭 던져주듯 칭찬했다. "고 작가, 너 보는 눈이 생겼구나. 이제 작품 해도 되겠다." 피디도 마른 웃음을 지으며 말했다. "고생했다."

고맙습니다. 나는 조그맣게 대답하고 다시 벽에 기댔다. 온몸이 저릿했다. 어두운 편집실에 모니터가 희게 빛났다. 안에는 우리가 사랑한 사람들이 움직이고 있었고, 밖에는 오해 말고 이해를 담고 싶은 사람들이 있었다. 꿈에 카메라를 가져간다면, 나는 그때의 우리를 찍어두고 싶다. 나의 표정은 아무리 어두워도, 클로즈업하지 않아도, 고스란히 드러났을 것이다. 뒷모습만 보이던 두 사람의 감정도 담담히 느껴졌을 테고, 우리 셋 사이에 오가던 속 깊은 이야기가 전해졌을 것이다.

내 꿈에 카메라를 가져가 보니 알 것 같다. 내가 본 꿈은 마치 한 편의 다큐멘터리 같다. 극적인 요소는 없을지라도 흘러가는 거 살아가는 거 자연스럽게 따라가며 한 사람을 알아간다. 내가 겪은 일들은 어쩌면 다 우연이었을 텐데, 뒤를 돌아보면 모두 나를 위해 만들어졌던 것 같은 생각이 든다. 나는 카메라로 세상과 사람을 찍고 있다고 생각했지만, 사실 오래전부터 나 자신을 찍고 있었다. 나를 보고 나를 듣고 나를 만나며 길고 지루한 나날들을 담았고, 내 삶의 순간순간들을 구성하고 편집하며 살아왔다. 이제는 카메라 뷰파인더 대신 눈으로 본다. 나는 전보다 눈이 좋아졌으므로. 사람 보는 눈, 사랑 보는 눈, 꿈 보는 눈, 삶 보는 눈. 제법 선명하고 너그러워져서 내가 보고 싶고 담고 싶고 믿고 싶은 것들을 글로 쓴다. 잘 보고 잘 이해하려고 노력하며 쓴다.

멀고도 가까운 꿈. 겪어보니 꿈이라는 건 간결한 한 줄 정의가 아니고, 달성해야 하는 목적도 아니며, 끝나고 마는 엔딩도 아니었다. 다만 내가 생각하는 꿈은 이루는 일이 아니라 이어가는 일에 가깝다. 그래서 소중하게 간직하는 꿈의 장면도 찬란하거나 극적이지 않다. "우리는 빛을 만드는 사람들이니까. 빛을 보려면 어둠 속으로 들어가야지.*"라던 어느 소설의 문장처럼 언제나 빛나는 뒤편에 있다. 어두운 편집실에서 다큐를 만들던 우리처럼, 어두운 밤 스탠드 아래 홀로 글 쓰던 나처럼. 아무도 주목하지 않는 어둠 속에서 묵묵하게 이어지고 있다.

* 정대건, 《GV 빌런 고태경》, 은행나무

그러나 나는 그 틈새의 삶, 이를테면 어두운 틈으로 새어든
한 줄기 빛과 같은 순간을 놓치지 않고 이야기하고 싶다.
모든 이야기가 절망에서 끝나버리지 않도록,
잠시나마 손바닥에 머무는 조금의 온기 같은 이야기를.